HEYNE BÜCHER

Romantic Thriller

June Wetherell
Im Banne des Unheils

Roman

Deutsche Erstausgabe

**Wilhelm Heyne Verlag
München**

HEYNE ROMANTIC-THRILLER
Nr. 03/2225

Titel der amerikanischen Originalausgabe
THE MAHAGONY HOUSE
Deutsche Übersetzung von Maren Diestel

Copyright © 1967 by June Wetherell
Copyright © 1987 der deutschen Übersetzung by
Wilhelm Heyne Verlag GmbH & Co. KG, München
Printed in Germany 1987
Umschlagfoto: Three Lions/New York
Umschlaggestaltung: Atelier Ingrid Schütz, München
Gesamtherstellung: Ebner Ulm

ISBN 3-453-11418-3

1

Endlos erstreckte sich unter ihnen der grüne Dschungel der Halbinsel Yucatán. Von dem kleinen Flugzeug aus wirkte es, als ob die Bäume mit ihren dichtbewachsenen Ästen Ellen und ihren Bruder ergreifen wollten.

Das Geräusch der Motoren erschwerte jedes Gespräch. Ellen versenkte sich in einen Prospekt. Merida – der Name dieser Stadt bekam für sie einen magischen Klang, denn Hank McNeil hielt sich in Merida auf. Seinetwegen unternahmen sie auch diesen verrückten Flug in einem Zweisitzer über den Golf von Mexiko und den undurchdringlichen Dschungel.

Auch das Lesen war schwierig. Das kleine Flugzeug wurde hin und her geschüttelt. Sie stopfte den Faltprospekt in ihre Tasche und sah zum Fenster hinaus. Weit und breit nur Bäume. Fragend sah sie ihren Bruder an. Der fingerte mit düsterer Miene an dem Funkgerät herum. Sie bemerkte, daß die Signale verstummt waren.

»Brad, was ist los?«

»Die Verbindung ist unterbrochen«, erwiderte er knapp.

Sie verspürte eine plötzliche Angst. Mit ihrem Bruder zusammen hatte sie sich bisher immer sicher gefühlt und in seinem Flugzeug viele Ausflüge gut überstanden. Zu diesem recht gewagten Unternehmen jedoch hatte sie ihn überredet, und jetzt verunsicherte sie sein Gesichtsausdruck sehr.

Das Motorengeräusch änderte sich kaum merklich, und das Flugzeug geriet ins Schwanken.

»Brad, was ist?« fragte sie wieder.

»Ich wollte dich nicht beunruhigen, Schwesterchen,

aber wir sind schon vor einer ganzen Weile vom Kurs abgekommen. Dieser verdammte Wind.«

»Und wo sind wir?«

»Weiß nicht genau. Nahe der Ostküste der Halbinsel.«

»Und nicht bei Merida?«

»Vor dem Dunkelwerden nicht mehr. Wir müssen einen Landeplatz finden.«

Sie wandte sich zum Fenster. Landeplatz? Inmitten von Millionen Bäumen? Das schien unmöglich, aber sie hielt trotzdem Ausschau. Einmal bemerkte sie etwas Helles, aber als sie sich vorbeugte, sah sie, daß es nur eine Ruine war. Nicht so großartig wie Uxmal, Chichén Itzá oder Tuluum, sondern ein kleineres, alleinstehendes Bauwerk. Wahrscheinlich konnte man es nur per Zug erreichen. Sie verrenkte sich beinahe den Hals. Fast schon hinter ihnen, auf der linken Seite, war jetzt Wasser zu sehen. Und da – war das eine Bucht?

»Brad, sieh mal!«

Er wandte sich um und schaute hinab. Dann wendete er und ging mit der Maschine runter. Er nickte.

»Wir versuchen es!« rief er.

Sie klammerte sich an den Armlehnen fest, als sie an Höhe verloren. Brad war ganz sicher ein hervorragender Pilot. Wenn ein Platz da war, würde er es bestimmt schaffen. Aber im Dschungel...

»Mein Gott, sieht aus wie eine Landebahn, Schwesterchen!«

Sie schloß die Augen und wagte nicht mehr zu atmen. Dann spürte sie erleichtert, wie das Flugzeug aufsetzte; der Fluglärm ließ nach, und sie öffnete wieder die Augen.

Es war wirklich eine Landebahn – nur für kleine Flugzeuge geeignet zwar, aber immerhin eine Landebahn.

Sie verließen die Maschine. Brad zündete sich eine Zigarette an. »Das hätten wir«, seufzte er. »Aber wo zum Teufel sind wir?«

Im ersten Moment beunruhigte sie die fast völlige Stille. Auf der einen Seite der Rollbahn war Wellengeplätscher zu hören, die anderen drei Seiten umsäumte der Dschungel, eine düstere Armee von dunkelgrünen Bäumen.

Stechmücken schwärmten aus. Plötzlich ertönte im Dschungel lautes Vogelgeschrei. Es war noch hell, aber in dem dichten Urwald herrschte sicherlich tiefes Dunkel.

Brad sah sich um.

»Die Bahn ist in gutem Zustand. Ich glaube, sie ist vor nicht allzu langer Zeit benutzt worden. Hier in der Nähe muß es irgend etwas geben. Menschen.«

»Hoffentlich jemand mit einem Haus.« Ellen wehrte die Mücken ab und ging zu ihrem Bruder hinüber.

Sie standen Arm in Arm da und überlegten, was sie zuerst tun sollten. Vielleicht gab es einen Pfad durch den Dschungel – oder sie konnten Rauch aufsteigen sehen. Sie entdeckten kein Lebenszeichen – aber jetzt meldete sich der Dschungel – rauschend, murmelnd – und die Vögel.

»Laß uns wieder ins Flugzeug gehen, Brad«, bat sie. »Versuch's noch mal mit dem Funkgerät. Versuch...«

»Warte. Sieh mal!«

Eine Gestalt löste sich aus dem Dschungel und kam auf sie zu. Sie warteten reglos. Ellen zwang sich mühsam zu einem Lächeln.

Der Indio war klein, erreichte kaum Ellens Größe von einem Meter sechsundfünfzig. Er paßte so gut in die Umgebung, daß sie und Brad wie mutwillige Eindringlinge erschienen. Sein Gesicht war nach Art der Mayas geformt – fliehende Stirn, orientalisch geschnittene Augen, Hakennase – das lebendig gewordene Abbild einer alten Skulptur.

Er betrachtete sie aufmerksam und wies dann schweigend in die Richtung, aus der er gekommen war.

Sie sahen sich fragend an. Was führte er im Schilde? Was stand in diesen undurchdringlichen, schwarzen Augen?

»*Habla Espagnol?*« versuchte sie es.

Er antwortete nicht, aber ein Anschein von Verstehen huschte über sein Gesicht, und er wies erneut in den Dschungel.

»Laß uns mitgehen«, meinte Brad. Er drückte ihre Hand. »Immerhin bin ich größer als er, und er scheint nicht bewaffnet zu sein.«

Der Indio wartete ruhig, bis Brad ihre Ausrüstung aus dem Flugzeug geholt und alles abgeschlossen hatte. Dann schritt er ihnen voran auf einem fast unsichtbaren Pfad. Die bizarren Bäume waren von Schlingpflanzen überwuchert – mit herrlichen Blüten daran und dornigen Ranken, die nach ihrem Rock griffen.

Plötzlich blieb ihr Führer stehen. Das Licht der untergehenden Sonne fiel durch eine Öffnung im dichten Blätterdach ein und hüllte die roten Blüten in metallischen Glanz. Direkt vor ihnen schoß ein schwarzorange farbiger Blitz über den Weg.

»Mein Gott!« Brad hielt den Atem an. »Ein Jaguar!«

Sie gingen weiter und erreichten zu Ellens großer Erleichterung eine Lichtung, auch diese am Wasser gelegen. In einiger Entfernung konnte sie Strohdächer erkennen. Aber der Führer wies in die entgegengesetzte Richtung.

Wie ein riesiger Krebs hockte das Haus auf einer kleinen Insel. In der untergehenden Sonne leuchtete das üppig verwendete Mahagoniholz des Gebäudes feuerrot. Eine bleistiftdünne Brücke schwankte im tropischen Wind über dem Wasser, das so breit wie eine Straße zwischen dem Festland und der Insel lag.

Ellen steckte sich eine lose Strähne ihres dunklen Haares im Knoten fest und bereute beim Anblick der wackligen Brücke ihre hohen Absätze. Sie hatte sich nach einem Haus gesehnt, aber mußte es dieses sein?

Der Eingeborene wies auf die Insel und murmelte etwas Unverständliches.

»Wenn ich doch nur Spanisch könnte«, klagte Brad. »Meint er, daß diese gespenstische Bude ein Hotel sein soll?«

Ellen sah ihren Bruder an. »Das ist kein Spanisch«, erklärte sie.

Sie zeigte auf das Inselhaus. »*Habla Inglés?*« Diesmal nickte der Mann. Sie wandte sich wieder ihrem Bruder zu. »Ich glaube, er meint, daß in dem Haus jemand englisch spricht.«

»Das ist gut.«

Sie hatte ihren Bruder noch nie so verwirrt erlebt. Natürlich war sie selbst auch nicht gerade glücklich, daß sie jetzt plötzlich an der Küste Yucatáns im Dschungel gelandet waren. Sie hatte zu Hank nach Merida gewollt und ihren Bruder nur deswegen zu dieser Reise überredet. Dennoch verspürte sie neben der Angst auch Neugier auf das merkwürdige, große Haus.

Sie wandte sich um und kramte ihr bestes Spanisch hervor: »*Gracias, Señor.*« Der Indio war verschwunden.

Plötzlich raschelte es neben ihren Füßen. Sie sah zu Boden.

»Brad, was ist das?« Ein ungefähr dreißig Zentimeter langes Tier beobachtete sie. »Sieht aus wie eine Eidechse.«

»Ein Leguan. Sie sollen harmlos sein.«

Als Brad ihren Arm nahm, verschwand der Leguan.

»Komm. Wir sehen nach, ob jemand da ist.«

Die Brücke war an Seilen befestigt; die Bretter, die den Grund bildeten, waren von verschiedener Form und Größe. Ellen war froh, daß ihre Ausrüstung nur aus zwei Reisetaschen bestand. Eigentlich hatte sie sich einen Trainingsanzug anziehen wollen. Als sie jetzt ihren Rock im Wind festhielt, wünschte sie sich, daß sie das auch getan und nicht auf ihre Schwägerin gehört hätte, die darauf bestanden hatte, daß man den in Mexiko unmöglich tragen könnte.

Sie klammerten sich an den Seilen fest und arbeiteten sich langsam in der Dämmerung voran. Auf halbem Weg wurde die Tür des Hauses geöffnet, und ein Lichtschein fiel über die weiten Stufen zu ihnen herab.

»Guten Abend!« hörten sie eine weiche Stimme sagen.

»Wir haben Glück, Schwesterchen.«

Sie stiegen die Treppe hoch, die zur Veranda am Eingang des Hauses führte. Im Schein einer Petroleumlampe erkannten sie einen hellhäutigen Mann mit blauen Augen und grauer Bürstenschnittfrisur.

»Hallo«, Brad setzte die Tasche ab und streckte die Hand zum Gruß aus. »Ich bin Brad Winlock, und das ist meine Schwester Ellen.«

»Guten Tag.«

»Ich hatte Schwierigkeiten und mußte notlanden. Gibt es hier irgendwo ein Hotel?«

»Ich habe das Flugzeug gehört«, sagte der Mann. »War mir ziemlich sicher, daß es nicht Mr. Rattner sein konnte. Deshalb habe ich Muluc zur Landebahn geschickt.«

Während die tropische Sonne hinter dem Horizont verschwand, standen sie schweigend da. Der Mann hob die Petroleumlampe höher und studierte ihre beiden Gesichter, bei Ellen verweilte er unangenehm lange.

»In dem Dorf Zocatel gibt es leider kein Hotel.«

Am liebsten wäre Ellen über die Brücke zurückgeeilt, den Weg durch den Dschungel und zum Flugzeug zurück und hätte sich dort bis zum Morgen eingerollt. Auf der anderen Seite reizte sie aber auch ein Blick durch die offene Tür des Hauses.

»Was sollen wir tun?« fragte Brad.

»Ich weiß nicht, ob Mr. Rattner einverstanden wäre.« Der Mann lächelte Ellen an. »Er ist nicht da. Es gibt ein Gästezimmer. Und unter den Umständen – kommen Sie bitte herein.«

»Ich habe Ihren Namen nicht verstanden«, sagte Brad höflich.

»Entschuldigen Sie. Ich bin Ernesto Fernández. Der Verwalter von Mr. Rattner.«

Jetzt bemerkte Ellen auch einen leichten Akzent.

»Sind Sie kein Amerikaner?« platzte Brad überrascht hervor.

»Nein, ich bin Spanier. Aber meine Großmutter war Nordamerikanerin, und ich wurde in den Staaten erzogen.« Wieder sah er Ellen an. »Bitte kommen Sie herein.«

Die Front des Hauses war zu zwei Dritteln mit Holz verkleidet, und als sie eintraten, sah sie, daß die Rückwand genauso gearbeitet war. An die vier Seiten schlossen sich jeweils einzelne Flügel an. Rechts befand sich der Eßteil und links eine breite Treppe. Das war erstaunlich. Von der Brücke aus hatte das Haus einstöckig gewirkt.

Im Licht der Petroleumlampen war es nicht möglich, den ganzen Raum zu überblicken. Die rohe Verkleidung der Wände mit Mahagoniholz war fast bis zur Decke mit Regalen verstellt – voll von Büchern und Kunstwerken –, Statuen, Tonfiguren, manche halblebensgroß, Männer, Frauen und Tiere. Abgesehen von der Unordnung wirkte alles wie der Raum mit der Eingeborenenkultur in dem Museum Littleton, Connecticut, in dem sie arbeitete.

Ihr Gastgeber hatte sie beobachtet. Als sie ihn ansah, sagte er: »Mr. Rattner, mein Boß, ist Sammler.«

Brad inspizierte die Wände. »Um Gottes willen, ist das echtes Mahagoni?«

»O ja. Der frühere Besitzer war als Mahagonikönig bekannt. Er lebte hier. Ich werde Sie im Gästezimmer unterbringen. Es sind zwei Betten da. Sie werden sich wohl fühlen. Aber lassen Sie uns zuerst etwas trinken. Was möchten Sie?«

Brad grinste. »Für mich einen trockenen Martini, bitte.«

»Sorry, Mr. ...?«

»Winlock.«

»Es ist kein Eis da.«

»Also gut. Scotch mit Wasser. Wenn Sie das da haben.«

Mr. Fernández nickte. »Mr. Rattner hat alles da. Miß Winlock?«

»Dasselbe, vielen Dank.«

»Einen Moment, bitte.« Ruhig, aber mit schnellem Schritt durchquerte er den Raum, den Kopf gesenkt, die breite Brust vorgestreckt und mit hängenden Armen. An einer der Seitentüren wandte er sich um und schaute Ellen noch einmal an, dann war er verschwunden.

Sie sahen sich an.

»Wir haben Glück, Schwesterchen.«

»Vielleicht.« Sie fröstelte.

»Was ist los mit dir? Wolltest du die Nacht lieber im Wald oder im Flugzeug verbringen? Der Typ ist doch in Ordnung.«

»Hoffentlich.«

Brad vertraute immer gleich allen Menschen. Vielleicht war das auf die Dauer eine gute Einstellung. Er mochte fast jeden, und jeder mochte ihn. Bisher hatte er dadurch noch keine ernsthaften Schwierigkeiten bekommen.

»Er findet dich gut, Ellen, das ist alles. Du siehst doch nicht schlecht aus, abgesehen von deiner Brille und der Lehrerinnenfrisur.«

»Eitelkeit liegt mir nicht.«

Hank hatte gesagt: »Du bist schön«, und hatte sie geküßt, in der Nacht bevor er nach Merida aufbrach. Einfach: »Du bist schön«, und war gegangen. Seitdem hatte sie mehr Leben in sich verspürt. Jedoch, wie dieser Mexikaner sie anstarrte, erschien ihr als Eindringen in ihre private Lebenssphäre.

Der Gastgeber war zurückgekommen.

»Jaína...«, er zögerte. »Mein Hausmädchen wird die Drinks servieren. Setzen Sie sich doch bitte. Ich werde Ihr Zimmer herrichten.«

»Wir machen Ihnen schreckliche Umstände, Mr. Fernández.« Brad hatte sich in eins der gepolsterten Sofas fallen lassen. Sein gestreiftes Sporthemd paßte nicht zu der Decke aus Guatemala, die über dem Sofa lag. Ellen setzte sich schnell neben ihn und überließ die Couch gegenüber dem Mexikaner.

»Nicht der Rede wert.« Fernández nahm Platz.

Er sah nicht aus wie ein Mexikaner, das verstärkte noch ihre Besorgnis. Zuerst betrachtete er sie, dann Brad. Seine harten Augen waren nicht wirklich blau. Sie wirkten, als ob sie einmal braun gewesen wären, und ihr Ausdruck zeigte Neugier und kaltes Abschätzen. Gekleidet war er wie ein Amerikaner in den Tropen... Sandalen, Baumwollhosen, offenes Hemd. Nur der protzige Türkisring an seiner mächtigen Hand unterschied ihn von einem gewöhnlichen Touristen.

Um seinen Blicken zu entgehen, wandte sie sich wieder den Regalen zu. Was für ein Durcheinander! Seltsam geformte Tiere und Menschen sahen zu ihr herab. Riesige Eulen, Wild, Vögel, und überall die Menschen mit langen Nasen, wulstigen Lippen und schräggestellten Augen. Weniger als ein Jahr lang hatte sie im Museum gearbeitet und wußte noch wenig über Kunstwerke und Skulpturen. Sie konnte katalogisieren; aber weil die Bauern seit den alten Tagen ihren Lebensstil kaum verändert hatten, war es schwierig für sie, zwischen Originalen und modernen Kopien zu unterscheiden. Ein Gegenstand fesselte ihre Aufmerksamkeit besonders. War das nur ein Stück Treibholz?

»Das mag ich besonders gern«, sagte Mr. Fernández, der ihren Blicken gefolgt war. »Aus einem einzigen Stück geschnitzt. Aus Chapale. Wenn Sie genau hinsehen, werden Sie bemerken, daß es Männer zeigt, die mit Satan ringen. Satan gewinnt.«

»Mir kommen die Figuren alle ziemlich sonderbar vor.« Brad zündete sich eine Zigarette an und untersuchte dann das Päckchen. »Hoffentlich kann ich hier irgendwo neue bekommen.«

Fernández hörte ihm nicht zu. Er war ganz mit Ellen beschäftigt. »Wußten Sie, daß Sie das Blau der Mayas tragen? Hier, sehen Sie mal.«

Er ging zu einem Regal. Als er seine Hand hob, fiel ihr Blick auf eine kleine Plastik. Zwei Hunde standen auf ihren Hinterbeinen und tanzten zusammen. Bevor sie etwas dazu sagen konnte, öffnete sich jedoch die Tür zum Seitenflügel.

Das Hausmädchen brachte die Drinks. Es war ein junges Indiomädchen in der typischen Tracht ›Huyplil‹, einem weißen, langen Hängekleid mit besticktem eckigen Halsausschnitt. Sie hielt das Tablett mit den drei Gläsern hoch, als wenn sie sich einem Altar näherte, zögerte nur einen Moment und bot dann Ellen das Tablett an.

Ihr schwarzes Haar trug sie straff nach hinten zurückgebunden. Die Haut war milchig braun, die großen Augen naß, traurig. In den durchstochenen Ohrläppchen hingen riesige, silberne Ringe.

Hausmädchen? Ellen und Brad tauschten einen Blick aus. Als sie gegangen war, fragte Brad: »Wie nennen Sie dieses hübsche Mädchen? Hyena?«

Sie lachten alle, und Fernández erklärte: »Jaína. Sie ist nach der Insel ihrer Vorfahren benannt worden, weit vor der Westküste dieser Halbinsel. Für eine Eingeborene ist sie recht hübsch.« Seine Stimme klang zufrieden, und er fuhr weich fort: »Vielleicht haben Sie schon einmal von der Insel Jaína gehört?«

Ellen schüttelte den Kopf.

»Dort sind hervorragende Tonfiguren gefunden worden mit beweglichen Armen und Beinen – wie Puppen. Hübsche, kleine Nachbildungen von schönen Mädchen. Manche mit Farbresten auf ihrer Kleidung, dem Blau der Mayas.«

»Wir kennen uns nicht gut aus«, sagte Brad. »Ich hatte bisher nur was von Merida gehört.« Der ausgezeichnete Scotch lockerte das Gespräch auf. Brad berichtete ausführlich über ihre Reise. Vom Fliegen konnte er pausenlos reden – das war schon immer seine große Leidenschaft gewesen. Ellen sah ihn an, ein rundlicher, verheirateter Mann mit beginnender Glatze. Sie erinnerte sich noch an ihn als Kind. Damals war sie auf seine Locken eifersüchtig gewesen. Die waren jetzt fast alle verschwunden, aber die runden, ernsten Augen, die vollen Lippen, die fast weiblichen Gesichtszüge bei einem sonst so männlichen Mann waren noch wie damals. Die Geschwister ähnelten sich kaum. Er war kräftig und hatte frische Farben; neben ihm kam sie sich schmächtig und farblos vor und ärgerte sich über ihre gebogene Nase.

»Meine Frau hat Angst vorm Fliegen«, erklärte Brad Fernández. »Sie hat mir zu Weihnachten ein Flugzeug geschenkt, steigt aber selbst nicht rein. Süß, aber ein bißchen verrückt, das ist meine Frau.«

Ellen dachte an früher. Brad hatte schon als kleiner Junge Modellflugzeuge gebaut. Wo auch immer sie gerade gelebt hatten, war er in der Nähe von Flugplätzen zu finden gewesen. Als er dann bei der Luftwaffe diente, hatte er seine wohlhabende, eigenwillige Frau kennengelernt und war seßhaft geworden.

»So war's, Ernesto.« Inzwischen duzten sie sich natürlich. Darauf bestand Brad immer, bevor er den ersten Drink geleert hatte. Dann kamen sie kurz auf Baseball zu sprechen. Ernesto interessierte sich dafür.

Ellen schlürfte ihren Drink und studierte wieder die Regale. Diesmal fiel ihr ein Mosaik des bekannten Quetzal-Vogels auf mit seinen langen, grün-goldenen Schwanzfedern. Eine andere bekannte Kopie war die einer Figur mit kurzer Nase und rundem Gesicht, über das ein Kreuz wie die Maske eines Baseballspielers oder das Zaumzeug eines Pferdes gezogen war. Dort verschlang ein Jaguar einen Mann. Nein, es mußte wohl ein Krieger mit dem Kopfschmuck eines Jaguars sein. Viele der Gegenstände waren sehr schön – Vasen mit geometrischen Mustern in Gelb, Schwarz und Rot, eine mit leuchtenden Blumen und Blättern bemalte Eule, ein glasierter Hirsch, der auf eingezogenen Beinen ruhte. Anderes war erstaunlich frei und natürlich dargestellt – eine Frau, die zur Geburt niederkniete, und drei völlig nackte Zwerge.

Die Unordnung störte sie am meisten. Wie sollte man da jemals etwas wiederfinden? ›Mach dir darüber keine Sorgen‹, ermahnte sie sich selbst. ›Du hast Ferien.‹

Von draußen drang plötzlich ein durchdringendes Geheul herein, das allmählich leiser wurde und in einem jammervollen Klagen ausklang.

»Um Gottes willen, was war das?« Sie rang nach Luft.

Ernesto wandte sich ihr lächelnd zu: »Ein Affe.«

»Es klang so menschlich.«

Er nickte. »Die Eingeborenen glauben, daß das wiedergeborene Seelen von ihren Vorfahren sind, die auf den Schauplätzen ihres früheren Lebens spuken müssen. Die Mayas haben auf dieser Insel Opferzeremonien durchgeführt.«

Seine Augen glänzten jetzt voll boshaftem Vergnügen, als ob er ihr Unbehagen genoß. Sie konzentrierte sich auf ihren Drink, aber als sie den letzten Rest hinuntergeschluckt hatte, wurde sie wieder aufgeschreckt – diesmal von einem lauten Knall.

Ernesto hatte gebieterisch in die riesigen Hände geklatscht. Jaína erschien in der Tür mit Laken und Tüchern auf dem Arm. Er schüttelte ärgerlich den Kopf und wies auf die leeren Gläser. Gehorsam legte das Mädchen ihre Last ab und durchquerte den Raum.

»*Pronto!*« bellte Ernesto, und als sie das Zimmer wieder verlassen hatte, spuckte er fast aus vor Verachtung. »Faul. Sie sind alle gleich.«

»Was hast du über diese Insel erzählt?« fragte Brad.

Ernesto hörte ihn nicht. Er war in Gedanken versunken.

»Die Mayas haben hier Opfer dargebracht«, erklärte Ellen.

»Wie die Azteken?«

»Kann man sagen.« Ellen nickte. »Aber das war ein anderes Volk, Brad. Es gab viele verschiedene Völkerstämme. Ich kann sie nicht alle auseinanderhalten. Die Hochblüte der Mayas war sehr viel früher. Ungefähr so wie die der Griechen vor den Römern. Du hast bestimmt von ihrer Architektur gehört, Brad. Und von ihrem Kalender.«

»Ein wenig.«

Ernesto schien plötzlich lebhaft interessiert. »Sie waren ein wundervolles Volk. Ich habe gelesen, ... daß sie den Höhepunkt der alten amerikanischen Kultur bildeten.«

Ellen konnte sich nicht zurückhalten. »Und sie waren Indios.«

Sein Blick erlosch. »Ja, das stimmt«, gab er fast abweisend zu, »aber nicht wie die von heutzutage.«

»Sie haben dieselben Gesichter«, entgegnete sie. »Der Mann, der uns hergeführt hat...«

»Diese Leute«, meinte Ernesto, »sind Nachkommen von Bauern. Die Spanier, meine Liebe, haben die höheren Klassen sehr sorgfältig ausgerottet.« In seinen Worten schwang Stolz auf seine Vorfahren mit, und die Haltung seines Kopfes zeigte nun deutlich die romanische Herkunft.

»Mein Gott«, kommentierte Brad.

Jaína betrat wieder den Raum und servierte ihnen anmutig den Scotch. Sie zögerte. »*La comida?*« Die Worte waren kaum zu hören. Mit schüchternem, warmem Blick musterte sie Ernesto. Offenbar wollte sie ihm gefallen.

»*Más tarde!*« Ernesto wies sie hinaus und wandte sich wieder seinen Gästen zu. »Zum Essen ist es nach zwei Drinks noch zu früh.«

»Wie sollen wir dir nur danken?« fragte Brad. »Du bietest uns heute abend den Service eines Hotels.« Er lächelte, aber Ellen spürte, daß ihn seine Heiterkeit ein wenig verlassen hatte. Dieser Mann wirkte wie ein Amerikaner, aber er benahm sich nicht so. Und das paßte nicht zu Brads freiem Charakter. Aber er würde weiterhin den freundlichen, jungen Mann spielen.

»Laß nur«, sagte Ernesto. »Ich bin sicher, daß mein Boß Leute wie euch gern zu Gast hätte. Ihr seid wahrscheinlich die ersten Gäste seit den Zeiten des Mahagonikönigs. Der kam immer in seiner Jacht, habe ich gehört. Er hatte mit Mahagoni sein Vermögen gemacht und war irgendwie verrückt nach dem Zeug. Darum hat er dieses Haus gebaut. Er hat alle möglichen Leute hergebracht und große Partys veranstaltet.«

»Was ist denn mit ihm geschehen?« fragte Ellen. »Warum ist er nicht mehr hier?«

»Er ist tot.«

»Ach so.«

»Er wurde hier gefunden, hat Muluc mir erzählt. Niemand weiß genau, wie er gestorben ist.«

Das war keine angenehme Vorstellung. Sie wollte das Thema wechseln. »Hat Ihr Chef auch mit Mahagoni zu tun?«

»Nein. Er ist amerikanischer Geschäftsmann. Seine Niederlassungen liegen in Mexiko-City. Als er erfahren hat, daß dieses Haus zum Verkauf stand, kam er her und war begeistert davon. Er kommt recht gut mit den Eingeborenen aus. Natürlich helfe ich ihm dabei. Ich habe einige Worte der Eingeborenensprache gelernt. Auf jeden Fall reist er viel und lagert in diesem Haus seine Sammlung.«

»Lagern ist so ein Wort.« Ellen schlug einen leichteren Ton an. »Ordnet er die Sachen nicht? Räumt er nie auf?«

Ernesto warf ihr einen seltsamen Blick zu. »Dazu bin ich da. Deshalb ... wurde ich angestellt.«

Sie konnte das kaum glauben. Zwar wußte sie nicht genau, weshalb. Vielleicht lag es an seinem Gesichtsausdruck. Er schien absichtlich zu lügen. Sie suchte nach einer passenden Antwort. Schließlich erinnerte sie ihn: »Sie wollten mir das Blau der Mayas zeigen.«

Brad langweilte sich. Er schlürfte nervös seinen Drink und sah fortwährend zur Uhr.

Ernesto erhob sich, und Ellen folgte ihm zu den Regalen.

»Die tanzenden Hunde gefallen mir«, sagte sie zu Ernesto.

»Colima«, erklärte er ihr. »Eine alte Hunderasse. Man nannte sie ›techichi‹, das bedeutet ›Hund aus Stein‹. Haarlos, wissen Sie, und immer fett. Sie züchteten sie sich als Nahrung, nicht zur Zierde.«

»Du meine Güte!«

»Es gab kein Vieh, keine Schweine und keine Schafe. Die Hunde galten als Delikatesse. Hier, das wollte ich Ihnen zeigen.«

Er hatte eine kleine, prächtig bemalte Tontafel in der Hand. Eine Opferzeremonie, das Opfer lag hingestreckt da, die Henker hielten das herausgerissene, tropfende Herz hoch, und die spärliche Bekleidung des Opfers war wirklich blau, genau die Farbe von Ellens Kleid.

»O ja.« Sie wich vor der häßlichen Szene zurück. Er lächelte und zeigte Brad die Tafel.

Brad runzelte die Stirn, versuchte aber an der Unterhaltung teilzuhaben. »Was hat der arme Kerl denn verbrochen?«

Ernesto legte die Tonscheibe auf den Tisch, zuckte die Achseln und nahm seinen Drink zur Hand. »Nichts Schlimmes, sie hatten strenge Gesetze. Bei Ehebruch durfte der Mann einen riesigen Stein aus großer Höhe auf die untreue Frau werfen. Bei Trockenheit, oder wenn die Ernte schlecht ausfiel, wurden oft Jungfrauen geopfert.« Er lächelte Ellen an.

»Wenn sie sich ihre Unterhaltungen und Spiele so vorstellten«, warf Brad ein, »kann man den Spaniern kaum einen Vorwurf wegen ihrer Härte machen.«

»Die spanischen Eroberer waren selbst...« Ellen hielt

inne, als Ernesto herumfuhr und ihr einen Blick zuwarf. Er konnte natürlich erraten, was sie hatte sagen wollen. Daß die Eroberer selbst ein blutrünstiger Haufen gewesen waren. Sie griff nach ihrem Drink.

Brad sah sie fragend an.

Als Ernesto sich wieder gesetzt hatte, wandte er sich direkt an Ellen. »Sie interessieren sich anscheinend sehr für Joe Rattners Sammlung. Verstehen Sie viel von mexikanischer Kunst?«

»Nicht übermäßig.«

»Mehr als ich«, fiel Brad ein. »Sie arbeitet in einem Museum.«

»Aber ich habe niemals Kunst studiert, Brad. Ich bin Bibliothekarin.«

»Aber Sie arbeiten in einem Museum«, bemerkte Ernesto nachdenklich.

»Alles, was ich über die Kultur der Mayas weiß, habe ich von einem Freund, der sehr an Etymologie interessiert ist. Er ist jetzt in Merida, weil er sich unter anderem für die Schrift der Mayas begeistert. Er wäre von dieser Büchersammlung sicher auch fasziniert.«

»Die Bücher handeln alle von den Mayas. Der Mahagonikönig hat sie gesammelt.«

»Die alten Mayas haben sie geschrieben?« fragte Brad.

Ernesto lächelte. »Natürlich nicht. Ich habe gesagt, daß sie von den Mayas handeln. Die Schriften der Mayas waren so groß.«

Er zeigte es mit der Hand, und sein Türkisring glänzte im Licht der Lampen. »Die Schreibunterlage wurde aus bearbeiteter Baumrinde hergestellt und dann zusammengefaltet, die Deckel aus Holzstücken.«

Ellen richtete sich auf. »Haben Sie so ein Buch gesehen?«

Er warf ihr einen kurzen Blick zu. »Einmal.« Er

zögerte und sprach dann hastig weiter, als ob ihm das Thema lästig wäre. »Über eins ihrer Bücher gibt es eine Legende. Es wurde von einer Mayaprinzessin gestohlen. Und sie hat sogar unter Folterqualen nicht sagen wollen, was sie damit angestellt hat. Also wurde sie der Sitte gemäß in einen Brunnen geworfen. Man hat das Buch nie gefunden.« Er endete mit abwesendem Blick. Dann fügte er hinzu: »Die Bücher sind sehr selten.«

»Ich weiß«, stimmte Ellen zu. Sie konnte sich nicht zurückhalten: »Die Eroberer waren gute Bücherstürmer.«

Abrupt setzte Ernesto sein leeres Glas ab. »Wollen wir jetzt essen?« Er wahrte mühsam die Maske der Höflichkeit. »Oder möchtet ihr noch etwas trinken?«

»Ich glaube, wir essen jetzt lieber«, sagte Brad. »Ich möchte früh schlafen gehen und nicht mit einem Kater ins Flugzeug steigen.«

Ernesto klatschte in die Hände. Als Jaína in der Tür zum Gästezimmer erschien, befahl er: »*Comida! Ahora! Pronto!*«

Sie nickte und ging los, aber er klatschte wieder in die Hände und wies auf ihre drei Gläser. Als sie sich bückte, um sie mitzunehmen, tätschelte er ihr Hinterteil. Dabei zwinkerte er Brad zu.

Später setzten sie sich an einen riesigen, ovalen Mahagonitisch in der Ecke des Zimmers. Der Tisch wurde von zwei großen Kandelabern beleuchtet. Eine Karaffe Wein stand bereit. Und als Jaína mit dem Essen erschien, ließ die Spannung ein wenig nach. Ernesto wurde wieder zum aufmerksamen Gastgeber und erläuterte die verschiedenen Gänge.

Die Knoblauchsuppe – mit mehr Brot als Suppe – schmeckte köstlich, aber Ellen amüsierte sich über Brads Gesichtsausdruck. Er war seit eh und je ein Kartoffelnmit-Fleisch-Esser. Mannhaft verspeiste er jedoch die Suppe und versuchte sogar noch zu scherzen: »Gut, daß Ruth nicht hier ist. Sie würde sich nicht mit mir in ein Bett legen.«

Der Wein war schwer und ungewöhnlich, Ellen nippte vorsichtig daran. Ernesto verschlang sein Mahl gierig, füllte sein Glas immer wieder nach und wurde auf eine fast angenehme Art beschwipst.

Brad verzehrte genüßlich seine Portion Truthahn, bis er entdeckte, daß in der Sauce Schokolade enthalten war. Da ließ er den Hauptgang stehen und stocherte im Avocadosalat herum.

Während des Essens klatschte Ernesto wiederholt nach frischen Tortillas. »Sie müssen heiß sein«, erklärte er jedesmal, wenn Jaína leicht abgekühlte wegräumte und gegen frische austauschte. »Morgen«, fügte er hinzu, »gibt es Wildbretschlegel.«

»Schade, daß wir nicht mehr da sind«, sagte Brad. »Ich habe in Minnesota einmal Wildsteak gegessen. Erinnerst du dich, Ellen?«

»Vielleicht bleibt ihr noch ein bißchen«, schlug Ernesto vor.

»Hoffentlich nicht!« entfuhr es Brad. »Ich schätze deine Gastfreundschaft zwar sehr, aber wir müssen weiter. Ich muß meiner Frau Bescheid sagen, daß wir gut angekommen sind. Außerdem habe ich versprochen, daß wir nicht lange fortbleiben.«

»Ja, natürlich.« Ernesto wandte sich Ellen zu und lächelte sie weinselig an, als wenn sie ein Geheimnis miteinander hätten.

Sie wich seinem Blick aus, nicht nur aus Ärger, sondern weil er sich wieder so aufdringlich benahm.

Als sie vom Tisch aufstanden, bemerkte Ernesto: »Entschuldigt mich bitte einen Augenblick. Ich muß etwas erledigen. Macht es euch bequem.«

Er ging in die Küche. Sie konnten seine Stimme hören und manchmal sanfte Antworten von Jaína. Dann redete noch eine dritte Person. Der Indio, der sie hergeführt hatte?

Ellen und Brad betrachteten alles in dem Raum wie in einem Museum. Dann schauten sie von der Eingangstür aus in die Dunkelheit des Dschungels. Schwaches Mondlicht lag auf dem Wasser, Glühwürmchen tanzten wie Schneeflocken herum und verwandelten sich hoch droben zu Sternen.

»Wir sind wirklich ein wenig vom Weg abgekommen, nicht wahr, Schwesterchen?«

»Allerdings.«

»Trotzdem haben wir Glück. Wir genießen allen Komfort, und das mitten im Dschungel.«

»Es ist faszinierend hier. Aber auch furchterregend.«

»Furchterregend?«

»Mit... Mr. Fernández stimmt irgend etwas nicht.«

»Ellen, er flirtet mit dir. So machen sie es. Als ich mit Ruth in Italien war, haben sich die Männer alle so benommen. Ich bin zuerst ganz verrückt geworden, aber Ruth hat gelacht. Sie war schon mal da und hat mir erklärt, daß das die Art der Italiener ist, den Frauen Beachtung zu schenken.«

»Bei ihm ist es etwas anderes.«

»Das ist deine Schuld, du reizt ihn.«

»Nein, wieso?«

»Du forderst ihn ständig heraus. Nimm alles nicht so ernst, Schwesterchen. Morgen sind wir nicht mehr hier.«

Sie hörten einen durchdringenden Schrei.

»Brad, was war das?«

»Irgendein Vogel draußen.«

»Nein, nein, das kam von drinnen.«

»Vielleicht haben sie einen zahmen Papagei?«

»Nein, Brad, ich glaube, daß da ein Mensch geschrien hat. Da wurde jemand geschlagen.«

Sie dachte an das Hausmädchen, das so jung und hübsch war und doch so verängstigt. Ob sie wohl etwas englisch sprach? Ellen hätte gern einmal mit ihr geredet.

»Schau nicht so«, sagte Brad. »Ich kenne dich. Du mischst dich viel zu oft ein. Vergiß es, kümmere dich nicht darum.«

Sie kehrten ins Zimmer zurück, und Brad zündete sich eine Zigarette an. »Sobald er wiederkommt, gehe ich ins Bett.«

»Ich auch.«

Brad grinste.

Sie konnte nicht still sitzen und auf Ernestos Rückkehr warten. Ruhelos schritt sie über die langen Webteppiche auf und ab, vorbei an den flackernden Lampen und den wachsamen Blicken der kleinen langnasigen Menschen und den grotesken Tierfiguren. Brad saß auf einer Couch und beobachtete sie.

Es war jetzt ruhig – abgesehen vom Rauschen der Wellen, die sich an der Insel brachen, und den Stimmen des Dschungels, einem Gemisch aus raschelnden Blättern, Insekten, Vögeln und manchmal hohen Pfeiftönen – eine mißtönende Symphonie.

In der Küche war ein trauriges Murmeln zu hören. Ellen wich in das entgegengesetzte Ende des Zimmers zurück. »Brad, hast du diese Treppe schon bemerkt?«

»Was ist damit?«

»Von außen sah das Haus so aus, als gäbe es kein Obergeschoß.«

»Es wurde schon dunkel.«

»Was da oben wohl ist?«

»Sieh einfach mal nach.«

Sie stieg die breiten Stufen hoch, schaute jedoch immer wieder in den unordentlichen Raum zurück. Bis fast ganz oben lag die Treppe im Licht, oben herrschte vollkommene Dunkelheit. Stufe für Stufe tastete sie sich langsam vor, um ihre Augen an das Dunkel zu gewöhnen.

»Verirr dich nicht!« rief Brad.

Sie wollte Brad antworten und wandte sich um. Dabei stolperte sie über eine Bodenvertiefung und schlug mit dem Kopf gegen etwas sehr Hartes. Sie stürzte rückwärts hin.

Als sie die Augen aufschlug, beugte sich jemand über sie.

»Ellen!«

Gott sei Dank war es Brad.

Er zündete ein Streichholz an, und sie sah seinen besorgten Gesichtsausdruck. Neben ihm stand lächelnd Ernesto.

»Ellen, ist alles in Ordnung?«

»Ich habe mir den Fuß verrenkt, das ist alles, und dann bin ich gegen etwas geknallt.« Sie faßte sich an den Kopf. »Brad, wo ist meine Brille?«

Ernesto lief die Treppe hinunter und rief: »Ich hole eine Lampe!«

In der Dunkelheit klammerte sie sich an Brad. Als Ernesto zurückkam, fanden sie im Schein der Petroleumlampe die zerbrochene Brille.

»Ich trage dich runter, und dann untersuchen wir deinen Knöchel, Schwesterchen. Ich verstehe immer noch nicht, wie das passieren konnte.«

Sie sahen sich um, und alles war klar.

»Du bist direkt in einen Dachbalken gelaufen.« Brad schaute Ernesto an.

»Ich hätte es euch sagen sollen. Tut mir leid. Als das Haus gebaut wurde, gab es einen Unfall. Die Arbeiter bekamen Angst und rannten davon. So wurde es nie fertig gebaut. Können wir jetzt runtergehen?«

Ellen hielt sich an Brad fest und schloß die Augen. Ihr Kopf brummte, und sie fühlte sich seltsam benommen, als wenn sie zuviel getrunken hätte.

Als sie die Augen wieder öffnete, lag sie auf einem Sofa, und Ernesto reichte ihr einen Brandy.

Der Knöchel war nicht gebrochen – da war Brad sich sicher –, anscheinend war er nur leicht verstaucht.

»Ich glaube, du solltest trotzdem zum Arzt gehen, Ellen.«

»Tut mir leid«, sagte Ernesto. »Hier gibt es keinen Arzt. Aber wir können einen kalten Umschlag machen.«

Als Brad und sie zu Bett gingen, wurde ihr Kopf wieder klarer.

Das Schlafzimmer war ein großer Eckraum. Zwei breite Betten standen darin, die mit leuchtend rotgoldenen Bezügen überzogen waren. Die Vorhänge paßten genau dazu, ebenso die gerüschte Verkleidung des Toilettentisches. Ein eigenes Bad schloß sich an mit einer altmodischen, hohen Badewanne darin und einer Toilette mit hoch aufgehängtem Wasserkasten und rostiger Kette daran. Es gab zwei Hähne, aber nur wenig kaltes Wasser.

»Einfach, aber extra für uns«, kommentierte Brad.

Ellen setzte sich ans Fußende ihres Bettes. Sie dachte an den Mahagonikönig und seine Feste.

»Das Zimmer ist überwältigend«, sagte sie. »Wie ein Bordell.«

»Was weißt du denn über Bordelle?«

»Ich war im Kino.«

Er legte ihr die Hand auf die Schulter. »Wie geht's denn jetzt?«

»Besser, Brad. Weißt du, wie es ist? Wie damals, als wir als Kinder in dem trockenen Flußbett herumliefen und ich über den gestürzten Baumstamm stolperte.«

»Das weiß ich noch. Einmal bist du auch auf dem Rücksitz herumgesprungen und mit dem Kopf an das Wagendach geschlagen. Gut, daß du so widerstandsfähig bist.«

»Nett, daß du mir das sagst.«

Er lachte. »Du hast bestimmt eine Ersatzbrille mit.«

»Leider nein.«

»Wie ist das möglich?«

»Ich habe sie bei euch gelassen. Aber ich sehe auch so genug. Ich kann nur nicht in Telefonbüchern lesen oder dir im Flugzeug bei der Orientierung behilflich sein.« Sie lachte. »Zur Zeit sind mir die kleinen oder entfernten Dinge nicht so wichtig.«

Er sah sie nachdenklich an. »Hat Hank dich einmal ohne Brille gesehen?«

Sie fühlte, wie sie errötete. »Ja... ja, natürlich«, stammelte sie. »Beim Rendezvous trage ich keine Brille.«

»Das ist gut. Du weißt ja, was Ruth immer gesagt hat.«

»Ja. Wenn ich etwas mehr aus mir machen würde, wäre ich eine gutaussehende Frau. Aber mich langweilt das alles.«

»Schon gut. Ich will jetzt schlafen.«

Wie üblich schnarchte Brad schon, bevor sie sich fertig ausgezogen hatte. Sie stellte die Lampe in eine entfernte Ecke des Zimmers und schraubte den Docht herunter. Dann setzte sie sich vor den kunstvoll gearbeiteten Frisiertisch und zog ihre Haarnadeln heraus.

Sie hatte immer lange Haare gehabt, weil feste, glatte Haare so am einfachsten zu handhaben waren. Schönheitssalons lehnte sie ab, sogar wenn es ums Haareschneiden ging. Sie löste nur jeden Abend die langen hellbraunen Haare aus dem Knoten und bürstete sie mindestens hundertmal.

Beim Bürsten der Haare überkam sie eine wohltuende Ruhe.

Im Schlafraum war es viel wärmer als in dem getäfelten Wohnraum. Sie nahm die Bürste mit ans Fenster. Von hier aus sah sie das Meer hinter dem Haus schwach glitzern. Der Mond war verschwunden, aber sie konnte den Ozean riechen und hörte das weiche Plätschern der Wellen.

Die Nacht war schön, und auch dies Fleckchen Erde bot einen herrlichen Anblick. Der Brandy nach ihrem Sturz hatte sie schläfrig gemacht und ihre Befürchtungen um das Haus des Mahagonikönigs eingelullt.

Behaglich bürstete sie vor dem Fenster weiter die Haare und genoß die Luft und den nächtlichen Himmel.

Plötzlich tauchte aus der Stille dicht vor dem Fenster die Silhouette eines Männerkopfes auf.

Die Bürste fiel ihr aus der Hand, und sie schrie auf.

2

Als Brad endlich wach wurde, war er mürrisch und unfreundlich. »Jeder Kerl, der vor einem Fenster auftaucht, soll gleich ein Lüstling sein! Mach doch das Licht endlich aus, und geh ins Bett!«

»Er hat mich so erschreckt, Brad!« Sie hatte den Vorhang hastig zugezogen und zitterte am ganzen Leib.

»Dann schließ die Tür ab.«

»Das geht nicht. Es ist nur ein Riegel dran.«

»Benimm dich nicht wie eine alte Jungfer«, brummte er. »Laß mich schlafen.«

Zitternd vor Wut hob sie die Stimme: »Ich bin keine alte Jungfer. Ich bin erst vierundzwanzig Jahre alt. Das weißt du ganz genau.«

»Ja, ja, beruhige dich«, entgegnete Brad in versöhnlichem Ton. Er drehte sich um und vergrub den Kopf in den Kissen.

Sie machte das Licht aus.

Im Dunkeln kroch sie ins Bett. Ihr Knöchel schmerzte, und der Kopf war auch noch nicht wieder ganz klar. Sie badete sich in Selbstmitleid.

Wie sollte sie jemals einschlafen können?

Sie versuchte es, schalt sich selbst und lag ganz still. Sie zählte sich alle Gründe auf, die für eine gute Nachtruhe sprachen. Wenigstens hätte sie ihren Bruder nicht stören sollen. Immerhin war die Reise ihre Idee gewesen.

»Tut mir leid, Brad«, flüsterte sie.

Als Antwort ertönte ein Schnarchen.

Sie schloß die Augen und lauschte dem Rauschen des Meeres. In unregelmäßigen Abständen krächzte ein

Vogel oder heulte ein Affe, und auf dem Dach raschelte etwas. Leguane? Konnten die klettern? Fledermäuse? Ratten? Wie sollte sie sich an diese Geräusche gewöhnen?

Sie döste, schreckte auf, döste wieder ein, träumte, fuhr auf und war wieder wach.

Schließlich zwang sie sich, nur noch an schöne Sachen zu denken.

Und so kam sie natürlich auf Hank McNeil...

Sie erinnerte sich an den Nachmittag, an dem er zum erstenmal in das Museum gekommen war – ein großer, schlanker Blondschopf mit sonnengebräuntem Gesicht. Er fragte, was sie über die Mayas da hätten, und es tat ihr sofort leid, daß es nur wenig darüber gab. Sie hatte nicht erwartet, ihn wiederzusehen. Aber schon kurze Zeit später kam er zum Arbeiten. Er unterrichtete Spanisch und Französisch an der Schule in Littleton, und er erklärte ihr, daß man im Museum besser arbeiten könne als in der Bücherei der Schule, weil er hier nicht ständig von seinen Schülern unterbrochen wurde.

Dann lud er sie zu einem französischen Film in die Aula der Schule ein, und sie schämte sich wegen ihrer mangelhaften Sprachkenntnis. Er sprach fließend Französisch. Danach fand ihr erstes wirkliches Gespräch statt.

»Sind Sie Bibliothekarin geworden, weil Sie Bücher mögen?«

Sie lächelte. »Das behaupten die meisten Bibliothekare. Aber es stimmt nicht. Fast alle hassen Bücher beinahe.«

»Und Sie?«

»Ich sehe sie eher als Objekte, die ich ordnen muß. Ich organisiere gern. Egal, was.«

»Das glaube ich nicht. Das mit den Büchern, meine

ich. Das paßt nicht zu Ihnen. Gerät bei Ihnen nicht auch manchmal alles durcheinander?«

»Aber sicher.« Sie grinste. »Besonders in den Ferien.«

»Was unternehmen Sie denn in den Ferien?«

»Ich glaube, ich hatte noch nie richtige, abgesehen von den Schulferien. Ich würde wohl etwas unternehmen, was überhaupt nichts mit der sonstigen Arbeit zu tun hat, und jedesmal etwas völlig anderes.«

Er nickte: »Das finde ich auch am besten.«

»Und was unternehmen Sie in den Ferien?«

»Ich gehe meinem Hobby nach.«

»Was heißt das?«

»Etymologie.«

»Insekten?« fragte sie.

Er lächelte. »Das ist Entomologie, Ameisen und so.«

»Dann hat Etymologie mit Sprache zu tun.«

»Ja. Sprachforschung.«

»Erzählen Sie.«

Bis dahin war er still gewesen, fast schüchtern. Jetzt leuchteten seine Augen. Sein sympathisches, schmales Gesicht wurde lebendig, und beim Reden gestikulierte er eifrig mit den schlanken Händen. Er wirkte wie ein Pianist oder wie ein Dichter, gar nicht wie ein Lehrer.

Eigentlich wußte sie wenig über ihn, nur daß er aus Seattle stammte. Von dort hatte ihn eine unglückliche Liebesgeschichte weggetrieben. Seitdem verhielt er sich Frauen gegenüber mißtrauisch: Auch ihre Bekanntschaft war flüchtig.

Dann erzählte er ihr eines Abends ganz begeistert, daß er sich einen Vertreter organisiert hätte. Er wollte nach Mexiko City reisen und von dort aus mit einfachsten Mitteln weiter nach Merida.

»Mexiko? Weil Sie Spanischlehrer sind?«

»Nein. Das sind Ferien. Ich interessiere mich für die Hieroglyphen der Mayas.«

»Ach so. Natürlich.«

»Ich weiß noch nicht, wieviel ich in ein paar Wochen schaffen kann.«

Ein paar Wochen.

Er sah sie an und bemerkte wohl ihre Enttäuschung. »Warum kommen Sie nicht mit? Wir könnten einander Gesellschaft leisten.«

»Ich habe nur eine Woche Urlaub.«

»Und was haben Sie damit vor?«

Darüber hatte sie noch nicht nachgedacht, aber sie sagte: »Ich könnte meinen Bruder und seine Frau in Florida besuchen.«

»Das ist nicht weit von Merida entfernt. Fliegen Sie doch einfach hin.«

»Vielleicht läßt sich das machen. Mein Bruder hat ein Flugzeug.«

»Ein eigenes Flugzeug?«

»Seine Frau hat es ihm zu Weihnachten geschenkt.«

»Also gut!« Er runzelte die Stirn. Sie wußte, warum. Dieser Reichtum paßte ihm nicht. Wahrscheinlich wunderte er sich auch, warum sie in einem kleinen Museum in Littleton, Connecticut, arbeiten mußte, wenn ihr Bruder so reich war.

Sie sah ihm in die Augen. »Mein Bruder hat reich geheiratet, ich nicht.«

»Schon gut.«

Brads Frau Ruth hatte sie schon seit langem eingeladen. Wenn sie Ruth in ihren Plan einweihte und Brad mit seinem Flugzeug für sich gewann, würde es mit Merida sicher klappen.

Vielleicht hätte sie das alles auch nicht in Angriff genommen, aber an diesem Abend küßte Hank sie zum erstenmal. Er küßte sie, verabschiedete sich beiläufig und ging.

Ruth, die schon Dutzende von passenden jungen

Männern für ihre Schwägerin ausgewählt hatte, war sofort auf ihrer Seite. Bei diesem Hank schien es zum erstenmal etwas ernster zu sein. Natürlich sollte Brad mit Ellen nach Merida fliegen. Ruth war ihnen bei der Beschaffung der nötigen Reisepapiere und der Landeerlaubnis für Merida behilflich. Merida war ein zivilisierter Ort. Ruth war einmal dagewesen. Es gab ein wundervolles Restaurant mit Namen ›Tulpen‹. Man konnte dort herrlich im Freien sitzen. Lustige Pferdekutschen fuhren herum, saubere, nette Menschen und ausgezeichnetes Essen – das war Merida. Brad brauchte vor zuviel spanischem Pfeffer oder Tourismus keine Angst zu haben.

Also hatte Brad zugestimmt, und sie waren geflogen.

Und jetzt befanden sie sich mitten im Dschungel in einem sehr merkwürdigen und beängstigenden Haus. Würde Brad ihr das jemals verzeihen können?

Vor allem, würden sie am Morgen überhaupt wegkommen?

Brad war sich dessen anscheinend sicher, aber Ellen hatte ihre Zweifel daran, während sie sich im Bett herumwälzte und versuchte, nicht auf die fremdartigen Geräusche des Dschungels zu achten.

Sie schlief unruhig und träumte viel. Schließlich kam der Morgen, und sie versuchte mit geschlossenen Augen im Halbschlaf herauszufinden, wo sie war. Ellen hatte an so vielen verschiedenen Orten gelebt, daß ihr das morgens oft so ging. Ihr Vater hatte bei der Armee Karriere gemacht, und die Familie war mit ihm im ganzen Land herumgekommen. Nach dem Tod der Eltern folgte die Schule und Littleton. Sie ging im Geist einen Ort nach dem anderen durch – den Schlafsaal in der Schule, ihre Unterkunft in Littleton, das sonnige, große Zimmer am Innenhof von Ruths Haus in Florida, und dann gestern und die letzte Nacht hier.

Die Zimmertür klickte leise, und sie öffnete die Augen.

Sie setzte sich hellwach im Bett auf. Durch die Vorhänge fiel schweres Sonnenlicht herein. Ihr Bruder schlief noch tief. Sie sprang aus dem Bett, zuckte zusammen, als sie mit dem Fuß auf den Boden kam – sie hatte ihren Knöchel ganz vergessen –, hinkte durch den Raum und zog die Vorhänge weit auf. Sonnenlicht überflutete das Zimmer, und all die fröhlichen Farben leuchteten wieder.

»Brad! Brad! Wach auf!«

Er drehte sich schläfrig um und fragte mit geschlossenen Augen: »Wie spät ist es?«

Sie sah zur Uhr und mußte lachen.

»Was ist denn so lustig?« grummelte er.

»Ich weiß nicht, wie spät es ist. Diese vornehme Uhr kann ich nicht entziffern. Warum konnte mir deine Frau keine praktischere geben?«

»Wieso kannst du deine Uhr nicht lesen?«

»Meine Brille ist doch kaputt.«

»Ach ja.« Nun setzte Brad sich auf und räkelte sich.

Er wachte immer so schnell auf, wie er einschlief. Nachdem er auf seine eigene Uhr gesehen hatte, stand er auf und verschwand im Bad.

Das Tageslicht brachte sie zur Realität zurück. Sie wäre vollkommen beruhigt gewesen, wenn sie nicht gehört hätte, wie sich leise knarrend die Zimmertür geschlossen hatte. Sie nahm ihre Handtasche vom Frisiertisch und schüttelte den Inhalt aus. Es fehlte nichts. Während sie Brads Hosentaschen untersuchte, kam er aus dem Bad.

»He, was suchst du denn da?«

»Heute morgen war jemand im Zimmer, Brad. Kurz bevor ich aufgewacht bin. Ich habe gehört, wie die Tür sich schloß.«

»Fehlt was?«

»Aus meiner Tasche nicht.«

Er nahm ihr die Hose ab und untersuchte die Taschen.

»Alles da. Sie haben sich anscheinend nicht für amerikanisches Geld und Kreditkarten interessiert.«

»Für was denn dann?«

Er zuckte die Achseln. »Ich weiß nicht. Auf jeden Fall haben sie nichts genommen. Und wir werden nach dem Frühstück so schnell wie möglich verschwinden. Ich hoffe, daß wir Kaffee bekommen. Du kannst ins Bad gehen. Beeil dich bitte, ja?«

»Schon gut. Wartest du auf mich?«

»Angsthase«, grinste er. »Wie geht's deinem Kopf? Was macht der Knöchel? Hast du gut geschlafen?«

»Der Kopf ist wieder in Ordnung. Der Knöchel tut noch etwas weh, und geschlafen habe ich nicht besonders viel.«

»Ich hoffe nur, daß ich dich sicher nach Merida und zu Romeo bringen kann.«

»Brad, er ist doch kein... ich meine, du mußt nicht glauben...«

»Laß nur, Schwesterlein. Beeil dich lieber.«

Als sie kurze Zeit später aus dem Bad kam, klopfte es an der Tür. Brad machte auf.

Jaína stand in ihrem schneeweißen ›Huyplil‹ auf der Schwelle und trug ein Tablett mit Frühstück herein. Er nahm es ihr ab und lächelte. »Das ist Service! Vielen Dank!«

»*Gracias, Señorita*«, fügte Ellen hinzu.

Das Mädchen verzog als Antwort nur leicht den Mund. Ihre schwarzen Augen erschienen noch größer und trauriger als am Abend vorher. Es war nicht nur Trauer, sondern auch Angst darin zu lesen!

Brad stellte das Tablett auf dem einzigen freien Platz

oben auf der Kommode ab. Es gab Kaffee, Papayas und frische Tortillas.

»Vielen Dank«, wandte er sich ganz langsam und deutlich wie an ein Kind an Jaína. Sie stand immer noch in der Tür, und es sah aus, als wollte sie etwas sagen. Ihr Blick wanderte hastig von Ellen zu Brad und wieder zurück, daß ihre Ohrringe wie glänzende Bögen herumschwangen. Dann wandte sie sich wortlos um und eilte hinaus. Sie schlug die Tür hinter sich zu.

»Frühstück aufs Zimmer.« Brad goß Kaffee ein. »Das ist nett von Ernesto.«

»Sicher war es ihre Idee«, entgegnete Ellen. »Das arme Mädchen. Sie wirkte so verschreckt.«

»Sie ist nur schüchtern. Ich wette, daß sie gut bezahlt wird. In dieser gottverdammten Gegend ist es bestimmt eine sehr gute Sache, wenn man in dem ›herrschaftlichen Haus‹ arbeiten kann.«

Brad war in bester Morgenlaune. Dies Abenteuer schien bald beendet. Sie würden ins Flugzeug steigen und abfliegen. Sein Bericht über die Nacht im Mahagonihaus würde sich sehr von ihrem unterscheiden.

Als sie fertig gefrühstückt hatte, packte sie ihre Reisetasche und zog sich an. Schade, daß sie bei ihrer Ankunft in Merida nicht das blaue Kleid tragen würde – es war ihr Lieblingskleid. Aber inzwischen war es knitterig geworden, und Ernesto hatte es ›mayablau‹ genannt. Die Opferszene stand ihr noch deutlich vor den Augen. Sie packte das Kleid sorgfältig ein und nahm ihr anderes heraus.

Schließlich wollte sie sich das Haar aufstecken.

Aber ihre Haarnadeln waren nirgends zu finden.

Brad half ihr bei der Suche und murmelte: »Diese Frauen.«

»Brad, ich habe überall gesucht, sie sind nicht da.«

»Du mußt sie verloren haben.«

»Wo denn?«

Sie suchten weiter – die Kommodenschubladen, ihr Bett, der Fußboden – schließlich sagte Brad: »Das ist doch lächerlich. Flechte sie, oder mach etwas anderes, aber ich will hier jetzt bald weg.«

»Dann muß ich sie flechten. Wie dumm.«

Ihr Bruder sah ihr zu.

»Siehst gut aus. Wie eine junge Eingeborene.«

Das paßte ihr gar nicht.

Als sie das Schlafzimmer verließen, bemerkte Ellen, daß ihr Knöchel ziemlich stark schmerzte. Der Weg durch den Dschungel zum Flugzeug würde ihr sehr lang werden. Aber sie schwieg. Brad war schon lange genug von ihr aufgehalten worden.

Ernesto wartete im Wohnzimmer auf sie. Er wirkte besorgt.

»Guten Morgen. Schön, daß Sie auf sind, Mr. Winlock – Brad. Ich fürchte, du bekommst Schwierigkeiten.«

»Schwierigkeiten?«

»Das Flugzeug. Ich weiß nicht genau, was los ist. Muluc war sich nicht sicher. Aber ich glaube, du solltest gleich mal nachsehen. Ich komme mit.«

Ellens Mut sank. Sie ließ sich auf die nächste Couch fallen und rieb sich den Knöchel.

»Ja, ja.« Brad schwang sich die Reisetasche über die Schulter. »Komm, Ellen, laß uns gehen. Ach, dein Knöchel!«

»Vielleicht wartet sie lieber hier. Auf der Landebahn ist es sehr heiß. Und eventuell dauert es länger.«

»Oh, aber ich...«, wollte sie widersprechen.

»Jaína wird sich um Sie kümmern.«

Brad stellte die Tasche ab. »Ja, warte lieber. Mit dem Gepäck.«

Sie sah zu, wie die beiden die Stufen hinabgingen und über die Hängebrücke stiegen. Die Sonne lag strahlend hell auf dem Wasser, und der Himmel war so blau wie auf einem Kinderbild. Eigentlich überraschte sie nichts an diesem Morgen. Ernesto hatte mehr als einmal einen längeren Aufenthalt angedeutet. Es machte ihr auch nicht mehr so viel aus, weil ihr Interesse an dem Ort inzwischen erwacht war.

Das tief herabhängende Dach schirmte die Sonne aus dem großen Raum ab. Bei Tageslicht waren die einzelnen Gegenstände in dem Zimmer wesentlich klarer zu erkennen als am Abend vorher. Die Möbel waren alt und abgenutzt, aber relativ sauber. Auf den unordentlichen Regalen lag dicker Staub. Offensichtlich hatte Ernesto sie nie saubergemacht. Seltsamerweise waren die Bücher über die Mayas allerdings nicht verstaubt.

Da stand ungefähr ein Dutzend Bücher: People of the Serpent; Maya Cities; City of the Sacred Well; The Conques of Yucatán. Sie waren nicht nur sauber, es steckten auch verschiedene Lesezeichen darin.

Sie nahm den ältesten Band heraus und öffnete ihn an der bezeichneten Stelle. Das Kapitel handelte von ›Verbrechen und Strafe‹ und war mit einer häßlichen Illustration versehen. Sie las: ›Wenn die Frau von vornehmer Herkunft war, wurde bei Ehebruch oft zur Strafe ihrem Liebhaber der Nabel herausgeschnitten. Dann zog man die Eingeweide heraus, bis er starb.‹

Sie schlug das Buch zu und zog das nächste heraus. Hier lag das Lesezeichen bei ›Opferzeremonien‹.

Waren alle Bücher bei ähnlichen Themen gekennzeichnet?

Bevor sie sich dessen vergewissern konnte, hörte sie eine Stimme: »Möchten Sie noch Kaffee?«

Ellen wirbelte herum. Jaína stand in der Küchentür.

»Sprechen Sie Englisch?«

»Ein bißchen.« Jaína lächelte. »Ich lerne ein bißchen.«

»Wunderbar. Kommen Sie, und setzen Sie sich. Nein, keinen Kaffee mehr, danke.«

Jaína wollte in die Küche zurück. »Ich muß arbeiten.«

»Also komme ich mit in die Küche.«

Jaína runzelte die Stirn. »Nein, nein.« Dann hellte sich ihre Miene auf. »Ich arbeite hier.«

Sie verschwand für kurze Zeit und kam dann mit einem Staublappen, einem Besen und einem Eimer zurück.

Das Gespräch kam nur langsam in Gang. Einige Fragen verstand das junge Indiomädchen anscheinend nicht. Lächelnd, aber noch scheu, bewegte sich Jaína in dem großen Zimmer auf und ab. Sie wischte Staub, leerte Aschenbecher aus, brachte schmutzige Gläser in die Küche, wischte Ränder von der Tischplatte und schüttelte Kissen und Überzüge auf.

Nach und nach erfuhr Ellen, daß Jaína hier erst seit ein paar Wochen arbeitete, seit Ernesto da war. Vorher war Muluc Hausverwalter gewesen. Mr. Rattner hatte ihn angestellt. »Muluc – der Bruder meiner Mutter –«, hatte Jaína mitgebracht, als *Señor* Fernández eine Köchin brauchte.

»Arbeiten Sie gern hier? Sind Sie glücklich?«

Jaína zögerte. Sie schlang das Staubtuch um ihre Hände. »*Senōr* Fernández ist gut zu mir.« Dann fügte sie hinzu: »Dinero – Geld? *para mi madre*. Und...« Sie legte das Staubtuch beiseite und ging in die Küche. Stolz und glücklich kam sie zurück. Sie trug eine kleine Kiste und brachte sie Ellen. Ellen forderte sie auf, sich zu setzen. Das Indiomädchen nahm am äußersten Rand der Couch Platz.

»*Señor* Fernández für mich«, sagte sie und wies stolz auf die Kiste wie ein Mädchen, das seinen Verlobungsring zeigt. Sie öffnete die Kiste.

Eine seltsame Schmucksammlung kam zum Vorschein. Das goldene Armband einer Herrenuhr und ein billiger, bunter Männerring. Aber da war auch ein Jadehalsband, das hervorragend gearbeitet und anscheinend sehr alt war. Ellen wollte es sich ansehen, aber Jaína nahm die Kiste an sich.

»*Señor* Fernandez – in der Kiste lassen.«

»Es ist wunderschön.«

»Er will nach Merida, bringt mir mehr.«

Das war also die Antwort. Hier in Zocatel gab es keine Läden. Diese Geschenke waren sein Eigentum, bis auf das Halsband. Das mußte er hier im Haus gefunden haben.

Jaína legte den Finger auf ihre Lippen. Sie hatte ein Geheimnis preisgegeben. Ellen nickte und legte als Antwort ebenfalls einen Finger auf ihren Mund.

Schnell war die Kiste wieder in ihrem Versteck verschwunden, und Jaína putzte ruhig weiter. Ellen sah zu und freute sich über ihre anmutigen Bewegungen. Wie still und geduldig nahm sie anscheinend ihr Los an! Geld für die Mutter, dafür und für den Schmuck nahm sie das alles auf sich.

Plötzlich schrie Jaína auf. Sie stand am anderen Ende der Couch bei einem kleinen Tisch und hatte starr vor Schreck das Staubtuch fallenlassen.

Ellen sprang sofort auf und lief zu ihr. Sie fürchtete eine Tarantel oder etwas Ähnliches vorzufinden. Aber Jaína starrte auf das Tontäfelchen, das die Opferszene der Mayas zeigte.

»Mr. Fernández hat uns das gestern gezeigt«, erklärte Ellen. »Wahrscheinlich hat er vergessen, es zurückzulegen. Wissen Sie, wo es hingehört?«

Jaína schüttelte den Kopf. Sie hielt die Hände hinter dem Rücken verschränkt und schreckte zurück, wobei sie weiter auf das Täfelchen starrte.

»Nein, nein«, stammelte sie. »Nicht berühren, nicht berühren!« Sie wies verzweifelt auf die Regale.

»Ich weiß, wo es hingehört«, sagte Ellen beruhigend, »zu den tanzenden Hunden.« Sie nahm die Tafel und legte sie weg. Als sie sich wieder umdrehte, stand Jaína noch genau wie vorher zitternd da.

»Das ist nur ein Bild«, sagte Ellen sanft.

»Hier.« Jaína war außer sich. »Schrecklicher Ort.« Sie fröstelte.

»Die Insel? Isla?«

Jaína nickte.

»Das ist lange her.«

Während sie sprach, fühlte sie jedoch, wie sinnlos ihre Worte waren. Die Furcht des Mädchens wirkte ansteckend.

Der Aberglaube der Eingeborenen war oft nicht ganz unbegründet. Auf der Insel hatten Opferhandlungen stattgefunden. Fasziniert von diesen Vorgängen hatte jemand die Lesezeichen in die Bücher gelegt. Außerdem war der Mahagonikönig hier gestorben.

Dem Indiomädchen liefen Tränen die Wangen hinunter.

»*Tengo temor*«, flüsterte sie. »Ich habe Angst.«

›Ich auch‹, dachte Ellen. ›Aber ich muß durchhalten. Nicht nur ihretwegen, sondern auch meinetwillen.‹ Sie ging zu Jaína und legte ihr den Arm um die schmalen Schultern. Sie waren fast gleich groß. Das schwarze Haar des Mädchens duftete nach Parfüm und Küchenkräutern. Die großen Silberohrringe lagen kühl an Ellens Kopf. ›Was kann ich schon sagen oder tun? Ich nehme sie in den Arm und versuche, ihr meine Freundschaft zu zeigen.‹

Sie hielt Jaína immer noch im Arm, da öffnete sich die Haustür, und Ernesto trat ein. Ellen sah starr zu ihm hinüber. Es dauerte einen Moment, ehe sich seine

Augen vom hellen Sonnenlicht an das Innere des Raums gewöhnt hatten. Dann bemerkte er die beiden Frauen.

»Jaína! Was zum Teufel machst du da? *Cocina! Pronto!*«

Ellen hielt sie fest. »Es ist alles in Ordnung«, flüsterte sie. »Achten Sie nicht auf ihn!«

Ernesto kam ungewöhnlich schnell auf sie zu. Er packte Jaína am Arm und riß sie los.

»*Cocina!*« fauchte er sie an.

Als Jaína in die Küche geflohen war, wandte er sich Ellen zu. Sein Ärger und seine Brutalität waren in Abscheu umgeschlagen.

»Wie konnten Sie nur?« fragte er. »Ein dreckiges Indiomädchen.«

»Warum gehen Sie so brutal mit ihr um?«

»Meine liebe Miß Winlock, das geht Sie nichts an.«

»Das Mädchen tut mir ehrlich gesagt leid.«

»Wirklich? Sie mag mich, wissen Sie. Was war denn los? Was hat sie Ihnen gesagt?«

»Nichts. Sie hatte Angst.«

»Wovor?«

»Vor der Tontafel, die Sie uns gestern abend gezeigt haben. Sie lag noch auf dem Tisch.«

Er sah sich schnell um.

»Ich habe sie weggelegt. Neben die tanzenden Hunde. Sie hatte Angst davor.«

»Sie darf die Sachen nicht berühren.«

»Deshalb liegt soviel Staub dort, nicht wahr?«

»Den Indios kann man nicht trauen. Sie wissen, daß ich Mr. Rattners Sammlung betreue.«

»Ja, Sie sollen sie ordnen.«

Er wirkte verwirrt. Das freute sie. Sie fuhr fort: »Nur auf den Büchern liegt kein Staub.«

»Es sind die einzigen Bücher an diesem gottverlassenen Ort. Irgend etwas muß ich ja lesen.«

Wieder öffnete sich die Tür. Brad trat polternd ein. Er blieb nahe der Tür stehen. Seine Schultern hingen voller Verzweiflung herab. Das kam bei ihrem Bruder nur sehr selten vor.

»Brad, was ist los?«

Er runzelte die Stirn und wandte sich an Ernesto: »Warum hattest du es denn plötzlich so eilig, mein Lieber? Ich hätte dich dringend gebraucht. Im Ort spricht niemand englisch.«

»Brad, was ist denn?« erkundigte sich Ellen wieder.

»Irgendein lausiger Kerl hat das gesamte Benzin aus dem Tank abgelassen und außerdem auch noch den Reservekanister mitgenommen. Das ist alles.«

3

»Das verstehe ich nicht«, Ernesto schüttelte den Kopf. »Das ist noch nie vorgekommen. Joe – Mr. Rattners Flugzeug hat noch nie jemand angerührt.«

Ellen bemerkte den ärgerlichen, verwirrten Gesichtsausdruck ihres Bruders. Sie verlor allen Mut. Schließlich stammelte sie: »Brad, war das Flugzeug nicht abgeschlossen?«

»Du hast gesehen, wie ich's verschlossen habe. Irgend jemand ist eingebrochen.«

»Wozu sie das Benzin hier wohl brauchen?« wunderte sich Ellen. »Gibt es eine Straße in der Nähe? Hat jemand einen Lastwagen oder so was?«

»Wir haben hier keine Straße«, sagte Ernesto. »Nur einen Pfad durch den Dschungel. Die nächste Stadt ist ungefähr dreißig Kilometer entfernt.«

»Außerdem«, ergänzte Brad, »haben sie das Benzin gar nicht gestohlen. Sie haben es einfach dort auf das Feld abgelassen.«

»Wer kann das gewesen sein? Und warum?«

»Bei diesen Indios kann man nie wissen.« Ernesto ließ sich auf die Couch fallen und verschränkte die Arme hinter dem Kopf. »Morgen oder übermorgen geht vielleicht jemand in die Stadt, und ihr könnt euch mit ihm absprechen.«

»Morgen oder übermorgen!« Brad wurde ärgerlich. »Ich möchte heute, und zwar jetzt gleich jemand finden. Wenn es einen Weg gibt, ist doch kein Grund dafür da, daß er nicht heute gleich losgeht, oder?«

»Laß mich das regeln«, sagte Ernesto sanft. »Ich kenne mich mit den Leuten aus.«

»Dann komm. Wir gehen gleich los.«

»Heute ist in Zocatel irgendein Feiertag. Die Menschen hier halten sich strikt an ihre alten Gebräuche. Außerdem lassen sie sich nicht treiben.«

»Ich schaffe das schon!« Brad wandte sich an Ellen. »Wie ist es, kannst du dich mit mir in den Ort schleppen? Du sprichst doch ein wenig Spanisch.«

»Ist gut.«

»Ich würde an eurer Stelle nicht...«

Aber noch ehe Ernesto seinen Protest aussprechen konnte, hatte Brad seine Schwester am Arm genommen und war mit ihr zur Tür gegangen.

Bei Tageslicht war es einfacher über die Brücke zu gehen, und Ellen atmete erleichtert auf, als sie sich vom Mahagonihaus entfernten.

»Der faule Kerl«, murrte Brad. »Ihm ist das alles völlig gleichgültig.«

Der weiße Sand reflektierte gleißendes Sonnenlicht. Riesige Haufen von Muschelschalen in allen Schattierungen von orangefarben bis zu matten Pastelltönen waren in der morgendlichen Pracht der sich hinziehenden Küste zu sehen.

Aber Ellen bewunderte die Küste nur kurz. Dann fielen ihr zwei Schildkröten auf.

»Brad! Sieh mal!«

Es waren riesige Tiere, mindestens einen Meter breit. Sie lagen mit sorgfältig verschnürten Beinen auf dem Rücken und starrten mit ihren ausdrucksvollen Augen in die Luft. Ein kleiner Junge hatte seinen Fuß auf eines der Tiere gestellt und grinste Ellen an. Neben ihm stand ein Mann mit einem langen Messer.

Sie wandte sich schnell ab. »Bloß weg hier, Brad!«

»Anscheinend essen sie sie!« Brad verzog das Gesicht. »Vielleicht war gestern abend bei dem verrückten Zeug auch so was dabei.«

Die erdfarbenen, strohgedeckten Häuser waren von der Hängebrücke nicht sehr weit entfernt. Weitere Menschen waren nicht zu sehen. Nur Enten und Hühner flohen vor ihnen durch den Staub, und zwischen den Häusern liefen Schweine frei herum.

Aus einem Haus trat ein Mann hervor, der etwas trug, was wie ein Eimer voll Zement wirkte. Durch die offene Tür drang der Geruch von Mais nach draußen.

»*Buenos días, Señor*«, versuchte es Ellen. Aber der Mann murmelte nur »*días*« zwischen den Zähnen hervor und eilte an ihnen vorbei.

»Netter Mensch«, bemerkte Brad.

Das Dorf bestand aus einer gewundenen, grasbewachsenen Straße, die nur etwa so lang war wie zwei Straßenzüge in einer Stadt. Der Mann mit dem Eimer voll Maismehl eilte vor ihnen her. In manchen Hauseingängen blieb er stehen. Es gab keine Türen – nur bunte Kordeln hingen in den Eingängen. Hinter diesen durchscheinenden Vorhängen starrten Gesichter hervor, die schnell wieder in der Dunkelheit verschwanden.

»Das verstehe ich nicht«, wunderte sich Brad.

In der Nähe des letzten Hauses stand ein Mann im Freien und beobachtete sie.

Sie gingen mit letzter Hoffnung auf ihn zu. Als sie näher kamen, fiel ihnen auf, daß der Mann größer war als die anderen und eine hellere Hautfarbe hatte.

Er lächelte, lächelte so breit, daß eine Reihe weißer Zähne im Sonnenlicht glänzte.

»*Buenos días, Señor!*« rief Ellen aus.

»*Buenos días!*« Er nickte höflich. Der Mann war nicht häßlich. Er hatte einen warmen, freundlichen Blick.

»*Señor*, we...« Plötzlich hatte sie auch noch ihr letztes Spanisch vergessen.

»Nur zu, Ellen«, ermunterte sie Brad. »Dieser Mann sieht zur Abwechslung mal freundlich aus.«

Das Lächeln wurde breiter. Dann sagte der Mexikaner: »Wir können uns auch auf englisch unterhalten.«

»Das ist gut!« Brad ging auf ihn zu. »Ich bin Brad Winlock, und das ist meine Schwester Ellen.«

Sie begrüßten sich. »Miguel Angulo, *Señor, Señorita*.« Er gab Ellen die Hand. »Welch eine angenehme Überraschung. Was machen Sie denn hier in Zocatel?«

»Das wollte ich Sie gerade fragen«, lachte Brad. »Sie sind der erste nette Mensch, dem wir heute begegnen.«

»Ich bin hier zu Gast, komme wegen der Jagd her.«

»Gibt es gute Möglichkeiten?«

»Ausgezeichnet. Stockenten, Wachteln, Wild, Tapire und natürlich den Jaguar. Sie sind nicht zur Jagd da?«

Brad erzählte ihre Geschichte, der Mann hörte aufmerksam zu. Von Zeit zu Zeit nickte er und lächelte. Aber sein Gesicht wurde immer ernster.

»Ich würde meinen Führer sofort in die Stadt schikken, *Señor*. Er ist der einzige, auf den ich mich verlassen kann. Aber er ist leider heute nicht da. Er hat einen alten Freund getroffen, und sie trinken Pulque in einer der Hütten. Aber *mañana*, gleich morgens werde ich ihn losschicken.« Er bemerkte Brads Enttäuschung. »Heute ist es sowieso schon viel zu spät für den langen Weg durch den Dschungel, *Señor*.«

»Sie sind wirklich sehr freundlich«, sagte Ellen. »Wir sind Ihnen sehr dankbar.«

Er deutete eine kurze Verbeugung an und betrachtete sie mit offensichtlichem Vergnügen. Eigentlich benahm er sich so ähnlich wie Ernesto, aber bei Miguel Angulo störte sie das nicht.

»Wo wohnen Sie denn hier?« fragte Brad.

Er lächelte wieder breit. »Was man im Dschungel so Hotel nennt.« Er wies auf die nächste Hütte. »Völlig leer. Eine Hängematte muß man selber mitbringen, wenn man nicht auf dem schmutzigen Boden mit all den

Spinnen schlafen möchte. Besonders für eine Frau nicht gerade empfehlenswert.« Er zögerte. »Wie geht es Ihnen im Mahagonihaus?«

Brad und Ellen sahen sich an.

»Gemischt«, sagte sie.

»Das Haus ist in Ordnung«, erklärte Brad, »aber meine Schwester hält nicht viel von unserem Gastgeber. Ich eigentlich auch nicht.«

»Ernesto Fernández?«

»Kennen Sie ihn?« fragte Ellen.

Er nickte. »Wir sind uns begegnet.« Er wirkte nachdenklich, fast besorgt. »Er ist nicht besonders nett. Es überrascht mich, daß er Sie überhaupt aufgenommen hat. Aber unter den Umständen... konnte wohl sogar Fernández einer so schönen Frau nicht widerstehen.«

Ellen merkte, wie sie rot wurde. Die Haare zum Zopf geflochten und mit flachen Schuhen kam ihr seine Schmeichelei unpassend vor.

»Was macht er hier eigentlich wirklich?« fragte sie. »Er behauptet, der Verwalter zu sein.«

»Ja, das behauptet er.« Angulo nickte. »Kennen Sie die Geschichte des Hauses?«

»Er hat uns vom Mahagonikönig und all dem erzählt.«

»Auch die alten Geschichten?«

»Ja.«

»Die Eingeborenen betrachten die kleine Insel mit sehr viel Aberglauben. Man sagt, daß der Mahagonikönig seine Arbeiter aus einer anderen Gegend holen mußte. Aber die haben von den Leuten aus Zocatel natürlich auch alles erfahren. Nach einem schlimmen Unfall, ein Mann fiel vom Gerüst herab in eine Axt, rannten alle fort.«

Ellen erschauderte. »Bevor das obere Stockwerk gebaut war.«

»Wie ist er denn fertig geworden?« fragte Brad.

Angulo wirkte nachdenklich. »Der alte Muluc – damals war er noch nicht so alt – hat ihm geholfen. Muluc...« Er schüttelte den Kopf. »Man kann ihn nur schwer verstehen. Noch schwerer als die anderen Indios. Muluc ist habgierig. Sein ganzes Geld verbraucht er aber für Pulque. Und wenn er genug Pulque getrunken hat, wird er religiös. Die alte Religion. Seit dem Tod des Mahagonikönigs ist Muluc der einzige Eingeborene, der die Brücke noch überquert. Man hat mir erzählt, daß er seine Nichte zwingen mußte zu gehen, als Fernández eine Haushälterin verlangte. Inzwischen scheint sie allerdings mit Fernández... ziemlich verbunden.«

»Kennen Sie den Besitzer des Hauses? Mr. Rattner?«

Angulo schüttelte den Kopf. »Ich weiß nur, daß er Nordamerikaner ist und in Mexiko City lebt. Die Leute hier wissen nicht, ob er ihr Freund ist oder nicht. Der Mahagonikönig war auf seine Weise beliebt bei ihnen. Sie glauben, daß er von bösen Geistern vergiftet wurde als Strafe dafür, daß er das Haus auf die Insel gebaut hat.«

»Vergiftet?«

»So ist er gestorben. Möglich, daß ihm jemand Gift ins Essen getan hat.«

»Das ist ja alles sehr interessant«, unterbrach ihn Brad, »aber können wir nicht aus der Sonne gehen? Bekommt man hier nirgends einen Drink?«

Der Mexikaner schüttelte den Kopf. »Ich fürchte nein, *Señor*. Pulque würde ich Ihnen nicht empfehlen, besonders der Lady nicht.« Er sah Ellen wieder an.

»Dann lassen Sie uns zum Haus gehen.« Brad sah zur Uhr. »Ernesto ist gut ausgerüstet. Es wird mir ein Vergnügen sein, ihm mitzuteilen, daß wir einen Führer gefunden haben. Er ist sich so verdammt sicher, daß nur er etwas unternehmen kann. Warum kommen

Sie nicht mit, Miguel? Ich darf Sie doch Miguel nennen?«

»Natürlich. Aber ich fürchte, daß ich im Mahagonihaus nicht erwünscht bin. Ich bringe Sie gern bis zur Brücke. Es kann gut für Sie sein, wenn die Eingeborenen Sie in meiner Gegenwart sehen. Mich mögen sie. Weil Sie aus dem Haus auf der Insel kommen, werden Sie mit Mißtrauen beobachtet, verstehen Sie?«

Sie gingen die staubige, grasbewachsene Straße zurück. Wieder rannten Enten und Hühner herum, aber aus den Hütten zeigte sich niemand. Es war, als wenn sie durch eine Geisterstadt oder durch eine leere Filmkulisse liefen.

Am Ende der Straße beugte sich Miguel über ihre Hand, streifte sie mit den Lippen und sah Ellen mit großen, ernsten Augen an.

»Genießen Sie das Mittagessen und die Siesta.«

Er ging ins Dorf zurück, und sie sahen, wie die Leute aus ihren Häusern kamen und er von Kindern umringt wurde.

»Hmmm.« Brad stand mit den Händen in den Hosentaschen da. Er wirkte sehr amerikanisch. »Der redet aber viel Quatsch!«

»Er ist doch nett. Und er hat einen Führer.«

»Ich mag es nicht, wenn er so mit dir herumschleimt.«

»Gestern abend hast du eine andere Meinung geäußert.«

Wenn nur dieser Miguel das Haus verwalten würde! Der ganze Abend wäre viel erfreulicher gewesen. Er konnte einer Frau wirklich schmeicheln.

Brad warf ihr einen halb amüsierten und halb undefinierbaren Blick zu.

Sie wandten sich dem Meer zu. Eine Schildkröte war verschwunden. Von ihr war nur noch ein roter Fleck im Sand neben dem anderen Tier zu sehen, das immer noch dalag und mit flehenden Augen zum Himmel starrte. Ellen wendete den Blick ab.

Als sie die Brücke erreicht hatten, blieb Brad plötzlich stehen. »Laß uns noch mal nach dem Flugzeug sehen.«

»Brad, muß das sein? Ich bin mit dem Knöchel schon weit genug gelaufen.«

»Dann gehe ich alleine.«

»Ich möchte lieber mit dir zusammen zum Haus zurückkehren.«

»Du kannst hier auf mich warten. Setz dich unter einen Baum oder so, wo dich dieser Miguel nicht sieht.«

Sie fand eine Kokospalme und lehnte sich dagegen. Auf den Sand mochte sie sich wegen der toten Schildkröte nicht setzen.

Brad verschwand zwischen den Bäumen... fantastische Bäume mit vielerlei Kletterpflanzen, strahlendgelbe Blüten und zartgrüne Blätter, Mengen roter Blüten, die an langen Stielen saßen, und fein glitzernder Blütenstaub, der wie durchsichtige Schmetterlinge im Licht taumelte. Sie sah zum erstenmal einen richtigen Dschungel und fühlte sich zugleich fasziniert und erschreckt.

Sie konnte es kaum fassen, daß sie hier unter der Palme stand. Erst gestern hatte sie noch den Luxus in Ruths Haus genossen. Und ein paar Tage zuvor war sie noch ihrer Arbeit im Museum in Connecticut nachgegangen, sie, die ordentliche Ellen Winlock. Vielleicht kam ihr auch alles so unwirklich vor, weil sie ihre Brille nicht hatte. Die sonnenüberflutete Tropenküste, das Haus hinter der Hängebrücke auf dem Eiland, alles war mit einem schillernden Schleier überzogen. Die Welt wurde zu einem Gemälde von Renoir. Allerdings hatte Renoir die Tropen wohl nie gemalt.

Neben ihr raschelte es im Dickicht. Zu ihrer Erleichterung war es nur ein Hund.

»Na, mein Kleiner!«

Sie wollte ihn nicht anfassen, weil er so erbärmlich zugerichtet war. Durch das scheckige Fell sah man die Rippen, und er war über und über mit Wunden bedeckt. Argwöhnisch blickte er mit seinen gelben Augen zu ihr auf.

»Armer Kerl. Vielleicht muß ich spanisch mit dir reden? ›Perro‹ ist ein schwieriges Wort. Wenn ich das ›r‹ rolle, erschreckst du dich vielleicht.« Sie redete ganz ruhig auf ihn ein und bewegte sich nicht. Eine Weile blieb das Tier einfach stehen. Dann entfernte es sich langsam ein paar Schritte, setzte sich und sah sie an.

»So ist's recht.« Sie lächelte. Wie gern würde sie mit dem armen Tier Freundschaft schließen und Brad überzeugen, es mitzunehmen. Sie würde es waschen und füttern und zum Tierarzt bringen.

Plötzlich hörte sie ein Geräusch und hob den Kopf.

Die Haustür auf der Insel wurde zugeschlagen. Jaína rannte die Stufen hinunter und über die Brücke. Der Hund spitzte die Ohren, erhob sich und knurrte.

Ellen trat vor, der Hund folgte ihr.

»Jaína, was ist los?«

Dem Mädchen liefen Tränen die Wangen herunter. Ihre Lippe war geplatzt und blutete, und die bestickte Borte an ihrem makellosen, weißen Kleid war eingerissen.

»*Vaya usted!*« schrie sie mit hysterischer, dünner Stimme. »*Vaya usted! Ahora! Pronto!*«

»Jaína...« Sie legte dem Mädchen die Hand auf die Schulter und versuchte ruhig zu bleiben. »Was ist denn los? Warum soll ich gehen?«

Jaína schüttelte den Kopf. »*Vaya!*« wiederholte sie. »*Por favor!*«

Ellen sah zum Haus hinüber. Ernesto kam die Stufen herab. Er zögerte nur kurz, dann bewegte er sich mit gesenktem Kopf und hängenden Armen wie ein Affe auf sie zu.

Als er bei ihnen angekommen war, blieb er ganz plötzlich stehen. Offenbar nahm er sich zusammen. In seinen Augen stand allerdings nach wie vor die blanke Wut.

»Geh ins Haus zurück, Jaína. *La casa. Pronto*!«

Wortlos und mit gesenktem Kopf gehorchte Jaína und ging über die Hängebrücke zurück zum Haus.

»Sie sind sehr emotional«, sagte Ernesto. »Außerdem findet man nur sehr schwer neue Hausmädchen.« Er lächelte. Seine Wut hatte sich gelegt, und er kam näher.

Der Hund knurrte. Diesmal jedoch nicht weich und zahm wie vorher, sondern so böse, daß Ellen erschrocken zur Seite sprang.

Ernesto stieß einen Fluch aus und trat nach dem Kopf des Hundes. Das Tier heulte auf und zog sich mit angelegten Ohren einen Schritt weit zurück. Ernesto bückte sich, hob einen Stein auf und traf den Hund direkt vor die Brust. Hinkend, den Schwanz zwischen den Beinen und immer noch heulend, drehte sich der Hund um und verschwand im Wald.

Ellen hatte sich total schockiert abgewendet. Ernesto richtete sich mit höflicher Stimme an sie: »Möchten Sie vor dem Essen einen Cocktail, Miß Winlock?«

»Vielen Dank, nein!«

Sie wollte noch viel mehr hinzufügen, doch in diesem Augenblick kam Brad aus dem Dschungel. Sie rannte auf ihn zu und kämpfte mit den Tränen. Aber als sie sein Gesicht erkennen konnte, biß sie sich auf die Lippen und nahm sich vor zu schweigen. Der arme Brad hatte genug Sorgen. Es würde nichts nützen, wenn sie ihm jetzt sagte, daß sie mehr Angst hatte als zuvor.

»Was ist, Ellen?«

»Er hat mich auf einen Cocktail eingeladen. Ich mag aber nicht, sondern möchte mich lieber etwas hinlegen.«

»Ich werde nicht ablehnen«, sagte Brad. »Ich brauche jetzt einen Drink. Und unser Freund hier hat die einzige Bar weit und breit.«

»Mein Freund ist er nicht.«

Brad sah sie an, und sie war sich klar, daß sie ihre Gefühle doch nicht ganz hatte verbergen können.

»Es ist unmöglich, Brad. Ich kann mich ihm gegenüber nicht einmal verstellen.«

»Beruhige dich, Ellen.« Er sprach ruhig, aber es klang wie ein Befehl. »Nur noch eine Nacht.«

Ernesto hatte sich ihnen angeschlossen.

Während Brad und Ernesto ihren Cocktail tranken, ging sie ins Schlafzimmer. Sie legte sich jedoch nicht hin. Dazu war sie viel zu aufgeregt. Bis Brad an die Tür klopfte und sie zum Essen holte, suchte sie nach ihren Haarnadeln. Sie gefiel sich überhaupt nicht mit dem Zopf – was hatte Brad gesagt? Wie eine junge Eingeborene.

Sie sah in den Spiegel. Trotz ihrer hellen Hautfarbe hatte Brad recht. Ein weißes Mädchen aus Yucatán? Es war ihr bisher noch nicht aufgefallen, aber sie hatte fast die entsprechende Nase, und ihre Augen waren auch leicht schräg gestellt. Außerdem hatte sie nach der gestrigen Nacht schwere Lider.

Das Mahl verlief fast völlig schweigend. Es versetzte ihr einen Stich, als Ernesto erklärte, daß es Schildkröte gab, aber sogar Brad mußte zugeben, daß sie fast wie Kalb schmeckte.

Schließlich erzählte Brad von Miguel Angulo, der ihnen den Führer zur Verfügung stellen wollte. Ernesto zuckte die Achseln. »Da wäre ich mir nicht so sicher.

Angulo ist ein reicher Playboy, sehr unzuverlässig. Und sein Führer... immer betrunken.«

»Immerhin können wir es versuchen«, erklärte Brad mit fester Stimme, und das Thema wurde fallengelassen.

Brads gute Laune schwand offensichtlich dahin. Als sie nach dem Essen zur *Siesta* allein im Schlafzimmer waren, bemerkte Ellen, daß er still vor sich hin brütete. Eine nervöse Unruhe ging von ihm aus – das alles paßte überhaupt nicht zu ihm. Vor ein paar Stunden noch hätte sie ihm erzählt, was Jaína am Morgen gesagt und wie grausam Ernesto sich gegen den Hund verhalten hatte. Sie hätte ihn wie immer als ihren großen Bruder behandelt, ihm alle ihre Sorgen anvertraut und sich von ihm trösten lassen. Jetzt wußte sie, daß dadurch für Brad alles nur noch schlimmer werden würde, deshalb schwieg sie und tat, als ob sie schlief.

Sie mußte jetzt endlich wieder nüchtern an die Dinge herangehen und die Einbildung von der Realität unterscheiden.

Ernesto war Spanier. Das mußte man bedenken. Spanier gingen mit Indios und Hunden oft grausam um. Diese Seite seiner Persönlichkeit war seinem Volk eigen.

Schon bei der ersten Begegnung auf der Schwelle des Hauses hatte er mit ihr flirten wollen, aber gleichzeitig schüchterte er sie auch ein. Inzwischen war er verärgert. Sie fühlte das jedesmal, wenn er sie ansah, egal, was er sagte. Vielleicht war er enttäuscht, weil er sie nicht hatte für sich gewinnen können oder weil er meinte, sie wüßte mehr über die Mayas und die Sammlung in diesem Haus, als sie zugab.

Sie mußte einsehen, daß ein Teil ihrer Befürchtungen eingebildet war.

Jaína hatte Angst gehabt. Trotzdem war sie nicht

weggelaufen. Er mußte sie auch schon früher geschlagen haben, und sie war dageblieben. Vielleicht kam die Gefahr aus einer anderen Ecke?

Wer hatte gestern abend ins Fenster gesehen? Wenn es nicht Ernesto war, wer dann?

Sie öffnete die Augen.

Sie hatte Muluc ganz vergessen. Seit er ihnen das Haus gezeigt hatte und im Dschungel verschwunden war, hatten sie ihn nicht mehr gesehen.

Muluc war der einzige Eingeborene, der regelmäßig die Insel besuchte und keine Angst davor hatte. Muluc kam wegen des Geldes; weil er sich Schnaps kaufen wollte. Muluc, der der alten Religion so sehr verhaftet war. Wo hielt er sich auf?

»Kannst du auch nicht schlafen?« fragte Brad.

»Ich glaube nicht.«

Brad stand auf und zündete sich eine Zigarette an.

»Sie schmecken scheußlich, aber er hat keine anderen«, bemerkte er. »Ich hoffe, daß wir morgen früh hier wegkommen. Ich weiß nicht mal, ob ich es bis dann aushalte. Und wie soll man bei dieser Hitze schlafen können? Es wird immer heißer.«

»In diesem Zimmer ist es besonders warm.«

»Warum sehen wir uns nicht den Zoo an?«

»Den Zoo?«

»Den ganzen Kram im Wohnzimmer. Da haben wir wenigstens was zu sehen.«

»Gute Idee.«

Das Wohnzimmer lag verlassen da. Flüsternd schauten sie sich die Regale an.

»Pfefferkuchenmann.« Ellen wies auf eine kleine, fast zweidimensionale Statue von einem Mann mit Zipfelmütze.

Brad nickte. »Steht da wie ein Cowboy, oder? Und sieh mal den da.«

Die nächste Figur lag auf der Seite mit einem angezogenen Knie, wie beim Sonnenbaden am Strand.

Brad runzelte die Stirn wegen der pornografischen Darstellungen, und Ellen wies ihn schnell auf eine große Vase hin – die getreue Nachbildung eines Kürbisses, der von Papageien getragen wurde.

Sie hätte stundenlang so weitermachen können, aber Brad langweilte sich bald und nahm sie mit nach draußen.

Sie setzten sich auf die Stufen vor das Haus.

»Hat Ernesto sein Wissen über die alte Kultur aus diesen Büchern?« fragte Brad.

»Das nehme ich an. Er weiß ganz gut Bescheid.« Sie zögerte. »Ich wundere mich nur, daß er vor kurzem ein originales Buch der Mayas gesehen haben will. Das ist kaum zu glauben.«

»Wieso?«

»Hank hat mir erzählt, daß zwei solche Bücher in Museen in Europa liegen. Aber ich wüßte nicht, daß es auch woanders noch welche geben soll. Die Bücher wurden fast alle zerstört. Falls noch weitere gefunden würden, wäre das außerordentlich wichtig. Ich habe von einem Russen gelesen, der behauptet, er hätte einige Hieroglyphen entziffert. Die Russen besitzen eines der berühmtesten Bücher...«

Brad unterbrach sie. »Was soll das heißen, Ellen? Was für Hieroglyphen sollen da entziffert werden?«

»Weißt du... wie der Stein von Rosette.«

»Du meinst den im Britischen Museum?«

»Genau. Wenn man die Hieroglyphen erst mal entschlüsselt hat, kann man alles lesen.«

»Und daran arbeitet dein Freund Hank?«

»Er interessiert sich dafür.«

»Aha.« Brad schien nicht sehr beeindruckt. Er wechselte das Thema. »Der Himmel sieht merkwürdig aus, nicht wahr? Hoffentlich gibt es kein Gewitter. Das fehlte gerade noch.«

Irgendwie verging der Nachmittag. Sie überquerten die Brücke und gingen am Strand spazieren, so weit sie kamen in entgegengesetzter Richtung vom Schlachtplatz der Schildkröten.

Der Hund kam ihnen entgegen. Er humpelte aus dem Dschungel hervor und verharrte dann zögernd mit eingekniffenem Schwanz.

»Der ist mein Freund!«

»Ich finde, er sieht gar nicht so freundlich aus. Faß ihn nicht an, Ellen. Er ist über und über mit Wunden bedeckt.«

»Ich weiß, der Arme.«

»Vielleicht ist er bissig.«

Sie rührte sich nicht und sagte mit weicher Stimme: »Na, du.« So freundlich wie bei ihrem ersten Zusammentreffen. Aber das Tier sah sie nur verängstigt, fast vorwurfsvoll an und verschwand wieder im Busch.

»Komm«, sagte Brad. »Wir gehen zurück.«

Jetzt war sie froh, daß sie nicht erzählt hatte, wie Ernesto den Hund getreten hatte. Vielleicht wäre Brad damit einverstanden gewesen?

»Ja«, antwortete sie. »Gut. Und jetzt brauche ich auch einen Drink.«

Das Wohnzimmer lag immer noch verlassen da.

»Sie meinen es ernst, wenn sie von Mittagsruhe sprechen, nicht wahr?« bemerkte Brad. »Wenn ich wüßte, wo er die Getränke hat, würde ich uns jetzt bedienen.«

Fast im selben Augenblick erschien Ernesto in der Tür. Sie wunderte sich, daß er nicht aus seinem Schlafraum, sondern von dem hinteren Flügel durch die Küche kam. Dort mußte die Vorratskammer liegen. Sie war drauf und dran gewesen, Brad zu erklären, wo er die

Getränke holen könnte, weil sie vor dem Essen gesehen hatte, daß Ernesto dort den Wein hergeholt hatte.

Ernesto schien sehr überrascht, als er sie bemerkte. Er wirkte sogar bestürzt. So hatte sie ihn vorher noch nicht gesehen. Aber er fing sich sofort.

»Habt ihr gut geschlafen?« fragte er.

»Nein. Ich bin nicht gewöhnt, mich tagsüber hinzulegen«, erklärte Brad. »Wir haben uns hier aufgehalten. Hoffentlich haben wir dich nicht gestört.«

Ernesto warf ihm einen scharfen, fragenden Blick zu. »Nein, ihr habt mich nicht gestört.«

»Dann sind wir noch ein bißchen herumgelaufen.«

»Hm.« Er wirkte immer noch abwesend.

Plötzlich hörten sie ein neues Geräusch. Es trat so überraschend und unerwartet auf, daß sie im ersten Moment gar nicht wußten, woher es kam. Aber als es lauter wurde, sahen sie einander an.

Kein Zweifel, das war ein sehr tief fliegendes Flugzeug.

4

»Das ist das erste Flugzeug, das ich hier höre!« schrie Brad. »Meinst du, daß es dein Boß ist?«

Ernesto wurde blaß. »Ich habe ihn nicht erwartet. Nicht so kurz nach der Regenzeit. Ich habe erst in ein paar Wochen mit ihm gerechnet.«

Brad war wieder aufgelebt. Er benahm sich wie ein kleiner Junge, dem man schließlich doch noch erlaubt hatte, ins Kino zu gehen.

»Immerhin kommt jemand.«

»Seit ich hier bin, warst du der einzige, der mit dem Flugzeug gekommen ist.«

Ernesto lief ziellos im Raum auf und ab. Manchmal verrückte er verzweifelt einen Gegenstand auf dem Regal oder blies den Staub weg.

Ellen hatte ihm nicht geglaubt, daß er die Sammlung zu ordnen hätte. Nun benahm er sich aber so, daß das doch wahr sein konnte.

»Das muß Joe sein. So klingt seine Maschine.«

»Du hast gesagt, er ist Amerikaner?« fragte Brad.

»Ja, ja.«

»Dann werden wir ihm sicher unser Hiersein erklären können. Wie ist er denn? Schwierig?«

Ernesto hatte sich von den Regalen losgemacht und sah zur Tür hinaus. Ohne sich umzuwenden, antwortete er: »Wir sind Freunde. Seit langem. Als ich ihn zuerst mit nach Hause auf die Hazienda brachte, nannte mein Vater ihn ›armer amerikanischer Freund‹. Inzwischen ist das anders geworden. Joe ist mein reicher amerikanischer Freund.« Seine Stimme klang abweisend und rachsüchtig zugleich.

Der spätnachmittägliche Himmel wurde plötzlich hell, und ein Krachen erschütterte das Haus. Ellen dachte zuerst an das Flugzeug; dann wurde ihr klar, daß es gedonnert hatte.

Ernesto drehte sich um. »Donner.« Er schien abwesend. »Früher dachten sie, daß die Götter Äxte werfen.«

Dann zündete er die Lampen an. Seine Hände zitterten.

Sie warteten schweigend, während der Regen auf das Dach trommelte. Als das Unwetter einmal kurz abflaute, hörten sie schnelle Schritte auf der Hängebrücke und den Stufen.

Zwei Männer betraten das Haus.

Als erster erschien ein kleiner, drahtiger Typ mit scharfen Augen und fragend erhobenen Brauen.

»Joe, ich habe nicht mit dir gerechnet!« Ernesto eilte hinzu, um dem Mann seinen tropfnassen Poncho abzunehmen.

»Das glaube ich gerne.« Die Stimme eines Amerikaners – vulgär und mit scharfem Klang.

»Ich kann dir sagen, warum...«

»Laß das, bis ich trocken bin. Ich hab' nämlich noch jemand mitgebracht. Aus Merida.« Er drehte sich um. »Gib mir deinen Poncho, McNeil.«

Der zweite Mann zog seinen tropfenden Regenmantel aus – groß, jung, blond.

»Hank!« schrie Ellen. »Hank, wie kommst du denn hierher?«

Sie lief auf ihn zu. Überwältigt wollte sie ihn umarmen. Aber es lag ein so spöttischer Blick in seinen Augen, und sein Lächeln schien so unaufrichtig, daß sie innehielt.

»Das könnte ich dich auch fragen«, antwortete er trocken.

Sie sprudelte die Worte hervor. »Brad und ich haben

uns gestern auf den Weg nach Merida gemacht. Aber wir mußten hier notlanden.«

Sie unterbrach sich. Es war merkwürdig, sie sagte die Wahrheit, und alles klang trotzdem so unwahrscheinlich. Als sie sich Brad zuwandte, fing sie die Blicke von Ernesto und Rattner auf.

»Freut mich, Sie kennenzulernen, Hank.« Brad streckte ihm die Hand entgegen. »Ellen wollte nach Merida fliegen und Sie besuchen.«

Joe Rattner bemerkte: »Ich habe McNeil in Uxmal getroffen. Er interessiert sich für das Zeug hier.« Er wies auf die Regale. »Er weiß sehr viel darüber. Deshalb habe ich ihn mit hergebracht.«

Brad wollte auch Rattner die Hand schütteln: »Ich bin Brad Winlock. Ich möchte Ihnen erklären, warum wir hier sind.«

Rattner übersah Brads Geste. »Nur zu.« Abschätzig beobachtete er Brads offenes Lächeln und die ausgestreckte Hand.

Während ihr Bruder in seiner freundlichen Art alles erklärte, sah Ellen zu Hank hinüber. Er beobachtete Rattner und Brad und amüsierte sich offenbar über deren Gegensätzlichkeit. Er war als Rattners Gast hergekommen. Sie hatte das sichere Gefühl, daß das Ganze eine rein geschäftliche Angelegenheit war, von der sie völlig ausgeschlossen blieb. Sie war nur eine Frau. Eine Bekannte. Jemand, den man zufällig mal traf.

Schließlich wandte er sich ihr wieder zu. »Du hast mich überrascht.« Seine Stimme klang völlig ungerührt. »Ich habe nicht damit gerechnet, daß du wirklich nach Mexiko kommen würdest.«

Sie wollte ihm mit ihren Blicken erklären, wieviel sie ihm zu sagen – und ihn zu fragen hatte. Aber das war jetzt nicht möglich, nicht vor den anderen. Wann könnte sie ihn unauffällig zur Seite nehmen?

Er streckte seinen Arm aus und drückte ihr kurz die Hand. Als sie bemerkte, wie Ernesto sie dabei anstarrte, hielt sie sich an Hanks beruhigender Hand fest.

Inzwischen hatte Brad Rattner mit seiner Geschichte überzeugen können. Sie gaben sich die Hand.

»Sie leben in Mexiko?« fragte Brad.

»Mexiko City.«

»Da war ich noch nie. Meine Frau meint aber, daß es dort lustig zugeht.«

Rattner sah fragend zu Ellen hinüber. »Wirklich? Zum Teil bin ich dafür verantwortlich. Ich leite das Jaguar Casino. Falls ich nicht gerade im Dschungel oder an irgendeinem anderen gottverlassenen Ort sammle.«

»Meine Frau spielt nicht. Sie...« Brad fing den Blick des anderen auf und lachte. »Ach so, ich habe Ellen wohl noch gar nicht vorgestellt? Das ist meine Schwester! Meine Frau spielt nicht, und sie fliegt auch nicht.«

Alle lachten, und die allgemeine Spannung ließ nach.

»Darauf sollten wir etwas trinken«, verkündete Rattner. »Ernie, was ist das für ein Benehmen?«

»Machen Sie sich wegen Ernesto – Ernie keine Sorgen«, sagte Brad. »Er hat uns bestens versorgt.«

Brad fühlte sich wieder wohl, er hatte Joe Rattner akzeptiert. So ein gerissener, kleiner Kerl! Und angeblich ein alter Freund von Ernesto. Dann fiel ihr auf, daß auch Hank Rattner vertraut hatte. Immerhin hatte er die Einladung hierher angenommen. Hank ging nicht leicht aus sich heraus. Rattner war sicher von seinem Wissen über die Mayas beeindruckt gewesen. Und Hank mußte die Sammlung interessiert haben.

Gab es hier echte Wertgegenstände? Hatte Ernesto deshalb bei ihrem ersten Zusammentreffen an der Tür so gezögert? Hatte er deshalb aufgehorcht, als er erfuhr, daß sie in einem Museum arbeitete?

Seit sein Boß gekommen war, hatte Ernesto kaum etwas gesagt. Er blickte verloren um sich, und seine Arme baumelten wie bei einer verlassenen Puppe herunter.

»Nun, Ernie?« bellte Joe Rattner.

Endlich hob Ernesto seine großen Hände und klatschte zweimal. Noch einmal wiederholte er das, lauter.

Die Küchentür öffnete sich, und Muluc betrat den Raum.

Er blieb abseits stehen, beobachtete sie und wartete. Wieder wirkte er wie eine der alten Skulpturen. Und Ellen empfand sich und die anderen erneut als Eindringlinge.

»Hallo, Muluc«, sagte Rattner. »Du spielst den Butler? Wo ist das Mädchen?«

Muluc antwortete nicht. Nach einer kurzen Pause sagte Ernesto: »Sie ist gegangen.«

›Gut‹, dachte Ellen. ›Wie gut. Sie ist doch noch weggelaufen.‹

»Das ist das erste Mal, daß ich meinen Kumpel ohne Frau erlebe.« Rattner lachte rauh. »Verbann Ernie auf eine einsame Insel, und er wird jemand finden. Und wenn es eine Meerjungfrau ist. Nun gut, was darf's denn sein, Ladys and Gentlemen? Wir haben alles da. Bis auf Eis. Ich werde demnächst einen Generator installieren lassen.«

Wieder ließ die Cocktailstunde eine zivilisierte Atmosphäre aufkommen. Brad schlug wie immer das ›Du‹ vor. Ernesto schien sich in seiner Haut etwas wohler zu fühlen. Er begann mit Hank ein Gespräch über die Geschichte der Mayas. Auf der anderen Seite neben Ellen unterhielten sich Brad und Joe über Benzin und die Flugbedingungen von hier nach Merida.

Der Regen trommelte immer noch auf das Dach, als ob

er nie wieder aufhören wollte. Vielleicht würden sie am Morgen nicht fliegen können.

Machten Brad und Hank keine Einwände gegen die Gesellschaft der anderen? War sie selbst nur deshalb so skeptisch, weil sie einen dummen, weiblichen Instinkt besaß? War Hank aus Neugier hier, oder hatte er etwas vor? Verfolgte Rattner eine Absicht, daß er ihn mitgebracht hatte?

Hanks Augen glänzten bei Ernestos Erzählungen. Wenn er sie doch auch einmal so begeistert ansehen würde! Jetzt zögerte er und sprach sehr sorgfältig weiter. Sein Ton war im Gegensatz zu den Augen sehr kontrolliert und ruhig. »Ein Manuskript der Mayas, das nicht von Religion handelt oder ein Verzeichnis ist – etwas, was in die Nähe von richtiger Literatur rückt –, hätte eine ungeheure Bedeutung. Man müßte die Hieroglyphen allerdings richtig entschlüsseln lernen.«

Ernesto erzählte die Geschichte von der Mayaprinzessin, die das Buch gestohlen hatte, als Joe Rattner sich ihm plötzlich zuwandte und ihn unterbrach: »Ernie, was soll das? Ich habe zwar von dir nicht viel erwartet, aber du hast in der Zwischenzeit wirklich genug Zeit gehabt. Ich glaube, wir empfehlen uns mal für ein paar Minuten.« Er sprach äußerst höflich, aber ganz bestimmt.

»Wie du meinst.« Ernesto rang anscheinend nach Luft.

»Laß erst noch mal nachschenken.«

Ernesto klatschte in die Hände.

Als die beiden die Tür der Vorratskammer hinter sich geschlossen hatten, seufzte Ellen erleichtert auf. »Gott sei Dank. Jetzt können wir sprechen.«

»Worüber?« fragte Brad. »Soll ich euch beide allein lassen?«

»O Brad. Ich meine, daß wir jetzt über die zwei und

dies Haus reden können. Hank, was ist mit diesem Joe Rattner? Wer ist er wirklich?«

Hank wirkte überrascht. »Da bin ich so schlau wie du.«

»Wußtest du, daß er ein Spielcasino leitet?«

»Nein.«

»Du wußtest nichts über ihn und bist trotzdem mitgeflogen?«

Hank lächelte. »Er hat mir eine interessante Sammlung versprochen. Und die besitzt er. Allerdings bin ich mit seinem Geschmack nicht vollkommen einverstanden.«

Er erhob sich, ging zur Wand hinüber und sah sich das Mosaik mit dem Quetzal-Vogel an. »Natürlich eine Kopie«, bemerkte er. »Ich denke ungern an die Türkismosaike, die von den Konquistadoren geraubt und beschädigt und in den Werkstätten der Medicis in Florenz wieder hergerichtet wurden.« Dann wies er auf eine terrakottafarbene, ungefähr neunzig Zentimeter hohe Figur, die einen sitzenden Mann mit Ring durch die Nase darstellte. »Das ist ein guter, alter Bekannter aus dem Museum für Naturgeschichte in New York.« Er ging wieder ein paar Schritte weiter. »Was haben wir denn da?« Vorsichtig nahm er ein kleines, grünes, etwa zehn Zentimeter großes Figürchen auf, sah es sich an und stellte es dann behutsam wieder ins Regal. »Jade«, sagte er. »Die ist wertvoll.«

»Mir kommt nur sein Benzin wertvoll vor«, bemerkte Brad. »Morgen früh verschwinden wir hier, Kinder.«

»Wenn es dann nicht mehr regnet«, meinte Ellen.

»Hör dir meine trübsinnige Schwester an. Hank ist hier, ich bekomme Benzin. Wir könnten doch zufrieden sein, oder?«

Hank lachte verlegen und wendete sich wieder den Regalen zu. »Ich bin hier nicht zufrieden«, protestierte

Ellen. »Seit wir in diesem Haus sind, läuft alles verkehrt.«

Hank sah sie an. »Mich fasziniert das Haus!«

»Ich weiß, ich weiß. Aber...«

Zum erstenmal an diesem Abend war er wieder der Hank, den sie kennengelernt hatte. Das vertraute Gesicht, seine Stimme.

»Du wirkst wie in Ferien. Keine Brille auf, die Haare nicht hochgesteckt. Richtig... ungebunden, so wie du es mir vorher beschrieben hast.«

Sein spöttisches Lächeln konnte sie nicht beruhigen. »Aber das wollte ich doch gerade erklären! Meine Brille ist kaputtgegangen. Und die Haarnadeln hat mir jemand gestohlen!«

Brad richtete sich auf. »Meine kleine Schwester ist völlig aus dem Häuschen geraten. Hat Gesichter vor dem Fenster gesehen, Geräusche gehört und sich allerhand eingebildet. Früher, als Kind, hat sie an Gespenster geglaubt.«

»Brad!«

»Sie hat erfahren, daß dies einmal eine heilige Insel war, auf der Opfer dargebracht wurden; Ernesto hat ihr davon ein Bild gezeigt. Das hat sie wahrscheinlich durcheinander gebracht.«

»Mit dieser Insel stimmt etwas nicht«, beharrte sie. »Die Eingeborenen schrecken davor zurück. Und der Mann, der das Haus gebaut hat, der Mahagonikönig, ist auf geheimnisvolle Art umgekommen.«

»Wer hat das alles erzählt?« fragte Hank. »Ernesto?«

»Eigentlich nicht. Hauptsächlich das Hausmädchen, das hier gearbeitet hat, und ein Mexikaner, den wir heute im Dorf getroffen haben.«

»Abergläubische Eingeborene«, sagte Brad.

»Miguel Angulo nicht!« widersprach Ellen. »Das ist ein mexikanischer Gentleman, der zur Jagd hierherkommt«, erklärte sie Hank. »Außer der armen Jaína ist er der einzige nette Mensch, dem wir hier begegnet sind. Er wollte morgen früh seinen Führer unsretwegen in die nächste Stadt schicken. Miguel ist nett, Brad. Du kannst nicht behaupten, daß er ein abergläubischer Eingeborener wäre.«

»Wovor fürchtest du dich denn eigentlich?« fragte Hank.

»Das kann ich schlecht erklären. Ich weiß zwar nicht genau, wer oder was es ist, aber hier lauert eine Gefahr. Heute nachmittag, als du beim Flugzeug warst, Brad – das habe ich dir noch nicht erzählt –, kam Jaína weinend über die Brücke herausgelaufen. Ihre Lippe blutete stark, und sie flehte mich an zu fliehen. Sie war völlig verstört und zu Tode erschreckt. Das macht mir angst.«

»Beruhige dich«, Hank klopfte ihr auf die Schulter.

Sie wendete sich ihm zu. »Hank, sie verdächtigen uns, weil wir etwas über die Mayas wissen. Sie denken, daß wir hinter etwas her sind, daß wir absichtlich gekommen sind. Ich bin mir sicher.«

»Hinter was sollen wir denn her sein?« Hanks Augen blinkten.

»Ich weiß nicht.«

»Sieh mal, Hank«, erklärte Brad, »meine kleine Schwester hat ein ziemlich behütetes Leben hinter sich, wenn man bedenkt, daß sie am College war. Sie versteht die Romanen nicht. Es macht ihr angst, daß dieser Verrückte sie ständig so anstarrt.«

Sie lächelten beide so nachsichtig, daß es ihr zuviel wurde. Sie sprang auf. »Hört auf! Wenn ihr nichts wissen wollt, werde ich schweigen. Ich sage euch überhaupt nichts mehr!«

Sie lief zur Haustür, öffnete das Fliegengitter, schlug es hinter sich wieder zu und setzte sich auf die regennasse oberste Treppenstufe.

Sie beruhigte sich langsam und schämte sich dann über ihr eigenes Benehmen. Brad gegenüber war es nicht so wichtig – er kannte sie seit ihrer Kindheit. Er kannte ihre sogenannten Spinnereien – so wie ihr seine Nüchternheit vertraut war. Aber wie dachte Hank über die ›Ferien-Ellen‹? Unter all diesen Männern fühlte sie sich wie eine Fremde, sie bedauerte geradezu, daß Jaína gegangen war.

Woher hatte Jaína den Mut zum Fortlaufen genommen?

Der Regen ließ ein wenig nach, und die Geräusche des Dschungels wurden wieder lauter. Sie stellte sich vor, wie die Vögel jetzt das Gefieder schüttelten und wie die Affen einander das Fell trockneten. Taten Affen so etwas? Und wo wohl der arme Hund hinging, wenn es regnete?

In der Stille wurden Stimmen laut. Sie wendete sich vorsichtig nach links, denn die Worte kamen aus dem linken Seitenflügel des Hauses – Joe Rattner und Ernesto waren im Vorratsraum!

Zunächst verstand sie nur Alltägliches. Joe beschimpfte Ernesto, weil er das Haus nicht in Ordnung gehalten hatte.

»Ich habe von dir zwar nicht viel erwartet, Ernie. Frauen und Saufen, darin bist du Experte. Aber du bist ein Jahr lang aufs College gegangen. Du mußt doch an der guten, alten Texas University irgend etwas gelernt haben. Das Alphabet zum Beispiel. Jedes einzelne Stück da drinnen ist mit einer Aufschrift versehen. Sachen aus Colima hier hin, Yucatán nach da. Und so weiter. Wie lange bist du hier? Sechs oder sieben Wochen? Du hättest wenigstens anfangen können.«

»Hab' ich doch, mit den Büchern.«

»Hast drin rumgelesen.«

»Ein bißchen. Die interessanten Stellen.«

»Der intellektuelle Ernie.« Das höhnische Gelächter brachte Ernesto zum Schweigen. Dann fuhr Rattner fort: »Hör zu, ich will ganz ehrlich sein...«

Ein neuer Windstoß und niederprasselnder Regen trugen den Rest des Satzes in die Dunkelheit des Dschungels hinaus.

›Beeilt euch‹, dachte Ellen. ›Redet weiter. Wenn ich nicht wieder hineingehe, werden Brad oder Hank mich hier suchen und mit mir reden. Dann hören die da drinnen, daß ich hier bin.‹

Rattners Stimme übertönte den Krach. »...Ich tue dir den Gefallen, daß du dich hier verstecken darfst. Vergiß das nicht.«

»Mein Vater hat dir auch mal sehr geholfen.« Ernesto sprach voller Würde. Er hielt dem ›Boß‹ zum erstenmal stand, seit dessen Ankunft hier.

»Du hast mich immer daran erinnert, Ernie. Wir waren damals Kinder, siebzehn, achtzehn. Das war Kinderkram.«

»Du wärst ins Gefängnis gekommen.«

»Kann sein. Vielleicht wäre ich auch davongekommen. Vergewaltigung läßt sich schwer nachweisen. Du müßtest das wissen.«

Das Gespräch wurde wieder verschluckt. Ein Schatten fiel in das Licht auf den Stufen. Jemand stand in der Eingangstür.

Sie stand auf. Sie mußte zurück. Sie konnte nicht länger warten.

Da ertönte Rattners Stimme messerscharf: »Also, wie du dich auch nennst, Fernández oder Ferguson, ich will mit dir nichts mehr zu tun haben. Du taugst nichts. Morgen fliegst du mit mir nach Merida, und dann verschwindest du. Verstanden? Ein für allemal.«

Ferguson. Ernie Ferguson. Woher kannte sie diesen

Namen? Sie schlich sich die Stufen hinauf. Hank öffnete ihr die Tür.

Reumütig sah sie zu ihm auf. Das mit angehörte Gespräch hatte ihr einen Vorsprung gegeben, sie hatte etwas in der Hand. Sie mußte so weitermachen, aber äußerlich Ruhe zeigen, bis sie mehr wußte.

»Ich möchte mich vor dem Essen noch ein wenig frisch machen«, sagte sie und ging zum Gästezimmer.

Hatte Jaína das Wild zubereitet, bevor sie ging, oder hatte Muluc gekocht? fragte sich Ellen. Ernesto trat in der Rolle des Dieners auf, obwohl er mit am Tisch saß. Auf Rattners Befehl holte er das Essen aus der Küche oder den Wein aus der Vorratskammer.

Joe Rattner beachtete sie so gut wie gar nicht. Im Gegensatz zu Ernesto belästigte er sie auch nicht mit Blicken. Trotzdem fühlte sie sich in seiner Gegenwart nicht wohl. Er war ein eiskalter Typ.

Die Unterhaltung schleppte sich mühsam dahin. Ellen sprach nur, wenn jemand direkt das Wort an sie richtete. Unauffällig beobachtete sie Ernestos und Rattners Gesicht. Der ›Boß‹ hatte sich völlig in der Hand, aber Ernesto war ziemlich durcheinander. Sie gaben kein schönes Paar ab. Ernesto, der sich hier versteckte, war anscheinend ein Verbrecher. Und was Rattner betraf – Vergewaltigung. Sie konnte das häßliche Wort nicht vergessen.

Brad versuchte natürlich wieder gesellig zu sein. »Das Haus ist sehr schön. Wäre sicher viel wert, wenn es nicht so abseits läge.«

»Es ist gut gebaut«, stimmte Rattner zu. »Ich habe es für ein Butterbrot bekommen. Bin glücklicherweise nicht abergläubisch.«

»Was ist dem früheren Besitzer zugestoßen?« fragte Brad. »Wir haben sonderbare Geschichten gehört.«

»Er wurde vergiftet«, antwortete Rattner ruhig und hielt einen Moment inne, bevor er ein Stück Wild verspeiste. Während er kaute, sah er Ellen zum erstenmal an, als ob ihn ihre Reaktion besonders interessierte.

Ellen verzog keine Miene. »Lebensmittelvergiftung?« fragte sie.

»So haben es die zuständigen Beamten genannt. Kann auch Absicht gewesen sein. Sie haben hier Gifte, die wie das gute, alte Ptomain wirken. Die Menschen hier draußen...«, er senkte die Stimme, »...leben nach ihren eigenen Gesetzen. Man muß vorsichtig sein.«

»Faule, dreckige Bastarde!« murmelte Ernesto vor sich hin.

Alle wandten sich ihm zu. Die Weinflasche stand neben ihm, und sein Gesicht war gerötet.

»Halt den Mund, Ernie!« fauchte Rattner und wies mit dem Kopf in Richtung Küche.

Alle Höflichkeit war wie weggeblasen. Jetzt redeten sie wie in der Vorratskammer. Brutal, aber sie hatten eine gemeinsame Sprache. Sie mußten zusammenhalten, und wenn es nur aus Verzweiflung war.

Sie bemerkte, daß auch an Brad oder Hank die Änderung im Benehmen der beiden Männer nicht ganz spurlos vorbeigegangen war.

»Der alte Muluc ist in Ordnung«, erklärte Rattner seinen Gästen mit einem dünnen Lächeln. »Solange er nüchtern ist. Man darf ihm nur nicht zu nahe treten.«

Muluc war der einzige Eingeborene, der es wagte, die Insel zu betreten. Ellen fragte sich, ob er jetzt betrunken war. Hatte er gekocht? Sie legte ihre Gabel beiseite. Kurze Zeit später entschuldigte sich Rattner, daß es kein Dessert gab. »Das kommt davon, wenn man sich an ein Hausmädchen gewöhnt hat. Ich habe Muluc Kuchenbacken nicht zugetraut. Möchte jemand Obst haben?«

Niemand meldete sich.

Der Kaffee stand schon über einer Kerze bereit.

»Brandy«, sagte Rattner. »Wir nehmen noch einen Brandy.«

Er sah Ernesto an. Der saß schwankend da und starrte in sein Weinglas.

»Mal sehen, ob Muluc auch verschwunden ist«, sagte Rattner. Er klatschte nicht, wie die Spanier, in die Hände, sondern rief einfach: »Muluc? Bist du da, Muluc?«

Sie warteten. Nach geraumer Zeit öffnete sich die Küchentür sehr langsam, und der alte Indio betrat den Raum.

Er war sehr klein. Viel kleiner als Joe Rattner, der von den vier Männern am Tisch der kleinste war. Verglichen mit Hank hatte er die Größe eines Pygmäen. Er blieb reglos in der Tür stehen und sah Rattner ausdruckslos mit seinen schrägen Augen an.

Seltsamerweise klang Rattners Stimme, wenn er spanisch sprach, viel weicher. Er erschien Ellen weniger brutal.

Muluc nickte und ging zur Vorratskammer. Rattner schenkte den Kaffee ein und reichte die Tassen herum.

Der Regen hatte nachgelassen. Im Moment hörte man nur, wie der Zucker in den kleinen Mokkatassen verrührt wurde. In den schwarzen Leuchtern auf dem Tisch flackerten die Kerzen, als erneut ein Windstoß durch die Fliegengitter in den Raum fuhr.

Sie warteten ziemlich lange, Rattner warf hin und wieder einen Blick in Richtung Vorratskammer.

Schließlich öffnete sich die Tür. Muluc stieß sie mit dem Rücken auf und blieb wieder einen Moment lang auf der Schwelle stehen. Mit einer Hand hielt er die Brandyflasche fest umklammert. Die andere Hand war zur Faust geballt und hielt krampfhaft etwas umschlossen.

Seine Augen blitzten. Jetzt wirkte er nicht mehr wie eine Statue. Er bebte, war äußerst erregt und aufgebracht und zitterte vor Leidenschaft.

Langsam kam er durch den Raum und stellte die Flasche mit einem dumpfen Knall mitten auf den Tisch.

Seine linke Hand stieß vor, und er schleuderte etwas auf den Tisch. Dann wandte er sich um, rannte quer durch den Raum und zur Haustür hinaus.

Alle beugten sich vor und schauten auf den Tisch. Ellen erkannte es sofort. Im glitzernden Schein der Kerzen lagen die riesigen Ohrringe von Jaína.

Sie waren mit Blut verschmiert.

5

Joe Rattner und Ellen saßen den Ohrringen am nächsten und fanden als erste heraus, was dort lag. Dann kam Hank, der richtete seinen Blick sofort auf Ellen.

»Das Mädchen?« fragte er, und sie nickte.

Vom Tischende aus erkundigte sich Brad: »Was ist es? Ich kann nichts sehen.«

Ernesto fing an zu weinen. Er murmelte fremdartige, indianische Worte vor sich hin.

»Ihre Ohrringe.« Rattners Stimme klang unberührt.

Ellen zwang sich, die Silberringe noch einmal anzusehen. Jaínas Ohren waren durchstochen gewesen. Jemand hatte die Ringe durch das Fleisch herausgerissen.

Ellen stand vom Tisch auf und rannte in die andere Ecke des Zimmers. Ihr war übel. Mit dem Rücken zu den anderen blieb sie bei einer Couch stehen und hielt sich an der Lehne fest. Sie mußte sich zusammennehmen. Ernesto murmelte immer noch vor sich hin. Dann wurden Stühle gerückt, sie hörte Schritte, und jemand kam auf sie zu. Sie wirbelte herum. Es war Hank.

Er legte seinen Arm um ihre zitternden Schultern.

»Hast du das gesehen, Hank?« Die Tränen liefen über ihr Gesicht. »Das waren weder Einbildung oder Aberglaube und auch keine Gespenster. Das ist Wirklichkeit.«

»Indios können grausam sein.«

»Aber Muluc ist ihr Onkel!«

Hatte er bei ihr ins Fenster geschaut?

»Vielleicht«, meinte Hank ruhig, »hat der alte Mann die Ohrringe nur gefunden.«

»Aber wer...?« Ellen wandte sich um und sah zum

Tisch zurück. Ernesto schwieg jetzt. Er schenkte sich einen großen Brandy ein. Brad und Rattner hatten ihre Drinks mitgenommen und sich auf eine Couch gesetzt.

Ernesto hatte geweint, er schien völlig außer sich. Sie erinnerte sich an seine Brutalität und konnte Jaínas kaputte Lippe nicht vergessen. Aber er hatte ihr doch sicher nicht die Ringe aus den Ohren gerissen. Dann fiel ihr das Gespräch ein, das sie mit angehört hatte und an Jaínas eindringliche Warnung.

»He, Joe!« rief Ernesto.

»Ja?« Rattner wandte sich nicht um.

»He, Joe, ich fürchte, du brauchst neue Diener. Und zwar zwei.«

Joe antwortete nicht.

Ernesto füllte sich wieder sein Brandyglas. Dann erhob er sich vom Tisch, suchte einen Moment lang Halt und steuerte anschließend unsicher durch den Raum. Schwankend stand er neben Joe Rattner.

»Ich nehme meine Sachen«, keuchte er. »Ich hole meine Sachen aus deinem Zimmer.«

»Laß das, Ernie. Das muß erst ausgeräuchert werden, bevor ich es wieder bewohnen kann. Ich schlafe mit McNeil auf diesen Sofas.« Er wandte sich Hank zu. »Sie sind einigermaßen bequem.«

»Nehme meine Sachen«, wiederholte Ernesto.

»Nein!« schnauzte Joe. »Setz dich und halt die Klappe.«

Ernesto sank in einen Sessel. Er saß dort und fixierte Ellen mit einem starren Lächeln und verhangenem Blick. Und trotz seiner Trunkenheit wirkte er selbstgefällig und merkwürdig zufrieden.

Auf dem Raum lastete eine gespannte Stille. Sie saßen da wie einander völlig fremde Menschen auf dem Bahnhof.

Es regnete wieder. Ein plötzlicher Windstoß trieb

Feuchtigkeit durch die Eingangstür herein. Brad saß der Tür am nächsten. Er erhob sich, ging zur Tür hinüber und starrte in die Nacht hinaus.

»Hoffentlich hört es auf bis morgen früh.«

Niemand antwortete.

»Die Brücke schwingt stark hin und her«, fuhr er fort. »Oh, da kommt jemand.«

»Vielleicht kommt Muluc zurück.« Joe nippte an seinem Brandy. »Das muß Muluc sein.«

»Ich glaube nicht. Er ist zu groß.«

Joe Rattner sprang auf. Alle sahen zur Tür und hörten auf die Schritte.

Brad öffnete die Tür, und Miguel Angulo zog sich den tropfnassen Poncho aus und betrat den Raum.

So wie er da stand und von einem Gesicht zum anderen sah, wirkte er sehr hübsch. Aber das strahlende Lächeln war aus seinen Augen verschwunden. Er wirkte todernst und wandte sich an Hank.

»*Señor* Rattner?« fragte er.

»Der bin ich!« schnauzte Joe. »Wer zum Teufel sind Sie?«

Von diesem unfreundlichen Verhalten fühlte Ellen sich so abgestoßen, daß sie vortrat, noch bevor der Mexikaner antworten konnte.

»Das ist *Señor* Miguel Angulo, Mr. Rattner. Er hat freundlicherweise angeboten, seinen Führer morgen unsretwegen in die Stadt zu schicken. Aber jetzt...«, sie wandte sich Miguel zu, »...haben wir wohl schon Benzin und können morgen starten.«

»Ich bin zur Jagd hier, *Señor*«, erklärte Miguel Rattner.

»Warum treiben Sie sich dann im Dorf herum?«

Er lächelte ein wenig. »Es regnet, *Señor*. Und nachts kann man nicht jagen.«

»Sind Sie mit Ernie befreundet?« Joe wies auf Ernesto.

»Nein, *Señor*.«

»Also, was kann ich dann für Sie tun? Warum sind Sie bei diesem Wetter über die Brücke gekommen?«

Miguel bewahrte seine Haltung. »Ich wollte Ihnen mitteilen, *Señor* und *Señorita* Winlock...« – er deutete eine Verbeugung an –, »...daß ich bei Ihrem Flugzeug Wachen aufstellen lassen habe, ehrliche Männer, für die ich mich verbürge.« Er strahlte Ellen an.

Brad sprach als erster. »Das ist furchtbar nett von Ihnen, Miguel.«

Rattner sah erst Miguel und dann Brad abweisend an. »Ich habe Wachen immer für unnötig gehalten.«

Miguel ließ sich nicht beirren. »Vielleicht fühlen sich *Señor* und *Señorita* Winlock besser, wenn Wachen an der Landebahn stehen.«

»Ja, natürlich!« rief Ellen. »Wir sind Ihnen sehr dankbar.«

»Die ehrlichen Männer, von denen Sie sprachen«, sagte Rattner, »müssen sicher bezahlt werden. Was schulde ich Ihnen?« Er griff in seine Tasche.

Miguel stand kerzengerade da.

»Nichts, *Señor*. Ich möchte der *Señorita* einen Gefallen damit tun.« Er wandte sich an Ellen. »Für Sie, *Señorita* Winlock. Damit Sie sich trotz aller Gefahren, die Sie bedrohen, nicht fürchten müssen.«

Ellen lächelte ihn dankbar und verlegen an und wandte sich Hank zu. Der hob die Augenbrauen und starrte sie an, als sähe er sie gerade zum erstenmal. Brach nun endlich das Eis doch noch zwischen ihnen?

Brad sprach hastig. »Vielen Dank für alles, und viel Glück bei der Jagd.«

Miguel nickte, er sah immer noch Ellen an, während er sich zum Gehen umwandte. Plötzlich erhob sich Ernesto und ging schwerfällig auf Miguel zu. Er war anscheinend ein wenig nüchterner geworden und ließ atemlos einen Schwall von Worten auf Miguel niedergehen, halb Spanisch, halb Indianisch. Zwar war der Sinn nicht verständlich, aber es stand deutlich Feindschaft in seinem Gesicht geschrieben.

Miguel antwortete nicht. Er wandte sich von Ernesto weg und Ellen zu. Dann ergriff er ihre Hand, beugte sich darüber und küßte sie. Er flüsterte: »Oh, sehen Sie sich vor, *Señorita*!«

Jeder sah sie an – Joe neugierig, Brad amüsiert, Hank runzelte rätselhaft die Stirn –, aber am meisten fiel ihr Ernestos Blick auf.

Wieder wirkte er selbstzufrieden. Als ob er etwas wüßte, was allen anderen unbekannt war.

Sie fühlte sich plötzlich sehr müde und spürte unangenehm, daß sie die einzige Frau im Haus war.

Rattner stand mitten im Zimmer. Er runzelte die Stirn und knackte mit den Fingergelenken. Offensichtlich gingen ihm die Ereignisse des Abends und auch die Anwesenden auf die Nerven. Ernesto gegenüber hatte er seinen Ärger ausgelassen. Aber die Anwesenheit der Winlocks in seinem Unterschlupf störte ihn, ebenso der Besuch von Miguel. Wahrscheinlich bedauerte er inzwischen sogar, daß er Hank in Uxmal zum Mitkommen eingeladen hatte.

»Ich finde, wir sollten jetzt alle schlafen gehen«, entfuhr es ihm.

»Wir sind wahrscheinlich heute alle nicht mehr sehr gesprächig.« Brad versuchte es noch einmal mit Freundlichkeit.

»Je eher wir hier draußen sind, desto besser«, bemerkte Rattner scharf.

Ernesto brach abrupt zum Schlafzimmer auf und warf die Tür hinter sich zu.

Rattner nickte erst Brad und dann Ellen kurz zu. »Gute Nacht.«

»Gute Nacht«, antworteten sie.

Ellen sah Hank an. Er lächelte wie immer unergründlich, schien aber inzwischen eher neugierig als verärgert. Sie wünschte sich, daß sie noch ein wenig mit ihm zusammensein könnte. Vielleicht würde er vorschlagen, daß sie noch ein paar Schritte hinausgingen. Aber er kam ihr nicht entgegen. »Gute Nacht, Ellen. Schlaf gut.«

Brad und Ellen nahmen ihre Reisetaschen auf, die immer noch neben der Eingangstür standen, und suchten das Gästezimmer auf. »Da wären wir wieder«, sagte er.

»Wenn man die Tür wenigstens richtig abschließen könnte.«

Er wirkte gelangweilt. »Sollen wir die Betten tauschen? Ich nehme das an der Tür, wenn du immer noch nervös bist.«

»Ich bin nicht nur nervös. Seit heute abend ist alles noch schlimmer geworden.«

»Du kannst nichts machen. Und morgen früh fliegen wir. Besonders gern bin ich auch nicht hier. Der alte Kerl mit den blutigen Ohrringen, Ernesto – inzwischen verstehe ich, wie du über ihn denkst; er ist ein Idiot –, Rattner ist ein übler Kauz, und dann dieser Miguel – der ist ein Kriecher.«

Er zögerte, aber sie antwortete nichts. Sie wollte über niemanden reden – jedenfalls nicht mit Brad.

»Dein Freund Hank gefällt mir«, fuhr Brad fort. »Ist aber ziemlich schweigsam, oder?«

»Ja.« Warum wich Hank aus?

»Ich bin todmüde.«

»Ich auch.«

Sie war zu müde zum Schlafen. An die Stimmen des Dschungels hatte sie sich inzwischen gewöhnt, aber ihre Gedanken kreisten hellwach immer wieder um alle

Vorkommnisse der letzten vierundzwanzig Stunden seit ihrer Ankunft hier.

Sie glaubte nicht, daß alle Vorfälle Zufall waren. Es mußte einen Zusammenhang geben. Sie mochte Rattner nicht und vertraute ihm auch nicht. Der alte Muluc war ihr ein Rätsel, aber sie konnte sich nicht vorstellen, daß er persönlich etwas gegen sie im Schild führte.

Man hatte ihr die Haarnadeln gestohlen, jemand hatte zum Fenster hereingesehen, jemand hatte das Benzin abgelassen. Irgend jemand hatte unbedingt verhindern wollen, daß sie am Morgen abflogen.

Ernesto. Er mußte es gewesen sein. Und trotzdem schien diese Lösung zu einfach. Das war nicht nur eine Werbung auf spanische Art – oder der Versuch einer Verführung.

Seit sein ›Boß‹ da war, hatte sich Ernestos Verhalten gewandelt. In ihrer Beziehung mußte der Schlüssel zu dem ganzen Geheimnis liegen, oder zumindest ein Teil davon. Rattner wollte anscheinend unter allen Umständen am nächsten Morgen abfliegen. Und wenn er wirklich der Boß war – seinem Benehmen nach zu urteilen, war er es –, dann würden sie abfliegen, und die ganze Sache wäre damit erledigt.

Sie rief sich jedes Wort der Unterredung, die sie mit angehört hatte, ins Gedächtnis zurück.

»Fernández oder Ferguson, wie du dich auch nennst.«

Ernesto Fernández.

Ernie Ferguson.

Wo hatte sie den Namen schon gehört? Wer war das? Ein Schauspieler? Ein bekannter Sportler? Ein Politiker? Ein Freund eines Freundes?

Inzwischen regnete es nicht mehr. Das Fenster zeichnete sich im Mondlicht ab. Es herrschte absolute Stille.

Plötzlich fuhr sie voller Entsetzen hoch.

Sie wußte wieder, wer Ernie Ferguson war.

Vor ein paar Monaten war die Geschichte durch die Boulevardpresse gegangen – so etwas las sie eigentlich selten. Aber ein Freund hatte ihr einen Ausschnitt gezeigt und dazu gesagt: »Die sieht aus wie du, Ellen.«

Sie selbst hatte keine Ähnlichkeit feststellen können. Das Mädchen auf dem Foto war blond, hatte lange, wunderschöne Beine und stammte aus Texas. Halb geschmeichelt hatte Ellen sich die Geschichte durchgelesen und wurde ganz gegen ihren Willen von dem Inhalt gefangengenommen.

Sie verfolgte die Story, bis nichts Neues mehr darüber berichtet wurde.

Das Mädchen – Ellen konnte sich an ihren Namen nicht mehr erinnern – hatte auf einer Ranch in Texas gelebt und die verschiedensten Tiere bei sich gehabt. Deshalb hatte man aus der ganzen Sache eine reichbebilderte Geschichte gemacht. Das eigenwillige Mädchen war lieber bei seinem Pferd, dem Affen und den vielen Hunden geblieben, als mit seinen Eltern nach Europa zu reisen.

Sie war hübsch und beliebt. Ihre Ermordung hatte nicht nur ihre nähere Umgebung aufgerüttelt, sondern die Zeitungsleser im ganzen Land schockiert.

Die Polizei überprüfte ihre zahlreichen Verehrer einen nach dem anderen. Als sie den Hauptverdächtigen verhören wollten, war der jedoch spurlos verschwunden.

Der erste Hinweis kam aus dem Tagebuch des Mädchens: ›Er hat nach einem von meinen Hunden getreten. Das bedeutet das Aus für Ernie Ferguson.‹ Niemand kannte Ernie Ferguson. Man hatte das Mädchen in einigen Lokalen der Umgebung mit ihm gesehen. Eine klare Beschreibung konnte niemand von ihm geben. Er trug einen Bürstenschnitt, und die zwei waren sehr verliebt ineinander gewesen.

Aber das Mädchen hatte auch seine Tiere geliebt. Und wenn ein Mann, der nach einem Hund treten konnte, mit einem solchen Mädchen zusammen war – war er dann vielleicht auch zu einem Mord fähig? Man vermutete es.

Die ganze, grausame Story stand Ellen wieder klar vor Augen.

Jemand hatte das Mädchen und den Hund getötet und beide Leichen zerstückelt.

»Fernández – Ferguson, ich will mit dir nichts mehr zu tun haben.«

Ein Gesprächsfetzen, die Erinnerung an einen Namen. Der Bürstenschnitt stimmte, aber den gab es häufig. Und Ernesto wirkte nicht wie der Freund eines reichen Mädchens. Das Ganze war nur so eine Ahnung, aber mitten in der Nacht doch eine beängstigende Vorstellung.

Sie stand auf, griff im Dunkeln nach ihrem Bademantel, ging zum Bett ihres Bruders hinüber und rüttelte an seiner Schulter.

»Brad! Brad!«

Keine Antwort.

Sie schüttelte ihn. »Brad, wach auf!«

Er schnarchte. Es war außerordentlich schwierig, ihn zu wecken, und würde er ihr überhaupt zuhören wollen? Sicher würde er sie wie in der letzten Nacht ärgerlich wieder ins Bett schicken.

Aber sie konnte mit diesen Gedanken nicht schlafen.

Ob sie Hank wachkriegen würde? Sie mußte es versuchen. Das war besser, als sich für den Rest der Nacht schlaflos hin und her zu wälzen.

Die Tür quietschte ziemlich laut. Sie wartete und überlegte. Wenn Hank nun genauso fest schlief wie Brad und nur Ernesto wach war?

Ernesto hatte reichlich getrunken.

Langsam öffnete sie die Tür, schlich sich hinaus und zog sie hinter sich wieder zu.

Im Wohnzimmer war es dunkel. Das Mondlicht, das im Schlafzimmer durch die Vorhänge hereindrang, wurde hier vom überhängenden Dach abgehalten. Sie gewöhnte ihre Augen einen Moment lang an die Dunkelheit. Dann konnte sie die Umrisse der Möbel erkennen. Die zwei gleichen Sofas waren gut zu sehen.

Auf Zehenspitzen schlich sie sich heran und versuchte zu raten. Von links erklang ein kurzes, rauhes Husten. Sie stand atemlos da und dachte scharf nach. Der Huster war sicher Rattner. Er klang einfach nicht nach Hank. Darauf mußte sie sich jetzt verlassen.

Sie näherte sich und streckte ihre zitternde Hand aus. Eine Berührung wagte sie aber nicht. »Hank?« flüsterte sie. »Hank?«

Unter der Bettdecke rührte sich etwas. Jetzt war sie sich sicher. Sie legte ihm ihre Hand auf die starke, schlanke Schulter.

»Hank, bitte wach auf!«

»Ellen!« rief er laut.

»Pssst, Hank!« flüsterte sie.

»Ellen, was gibt's?« fragte er mit gesenkter Stimme.

»Entschuldige, daß ich dich geweckt habe, aber ich muß mit dir reden.«

Sie kniete sich neben das Sofa und wollte ihm ins Ohr flüstern. Aber womit sollte sie beginnen?

Plötzlich wurde es auch auf der anderen Couch lebendig. »Achtung, ihr Täubchen. Ich bin wach«, flüsterte Rattner mit rauher, aber deutlicher Stimme.

Er zündete ein Streichholz an. Auf dem Tisch neben seinem Sofa flackerte eine Kerze auf. Rattner lächelte nachsichtig und vertrauensvoll. Er wirkte fast amüsiert.

»Tut... mir leid, ... daß ich Sie geweckt habe«, stammelte Ellen.

»Das glaube ich.« Rattner sprach leise. »Warum geht ihr zwei denn nicht in die Vorratskammer? Man kann die Tür abschließen. Und rechts, wenn man reinkommt, ist eine Kerze, falls ihr sie braucht.« Er zwinkerte mit den Augen. »Trinkt nur nicht alles aus, was da ist.«

Er löschte die Kerze.

Ihre Wangen glühten vor Scham in der Dunkelheit. Verwirrt hörte sie, wie Hank sich erhob. Er nahm sie bei der Hand, und sie gingen durch das dunkle Zimmer. Schließlich fand Hank den Türgriff, sie betraten den Vorratsraum und schlossen die Tür hinter sich.

Sie war immer noch verwirrt, als Hank die Kerze anzündete, und sah ihn nicht an. Der Vorratsraum entsprach überhaupt nicht ihren Erwartungen. Da standen zwar kistenweise Flaschen an einer Wand und ein Regal mit verschiedenen, schon geöffneten Sorten, aber ansonsten wirkte der Raum eher wie ein inoffizielles Büro. Es gab zwei Stühle, die im mexikanischen Stil reich verziert waren, sowie einen alten Tisch und eine gewebte Matte als Teppich auf dem Boden.

»Soll ich abschließen?« fragte Hank.

»Bitte!«

Sie setzte sich auf den einen Stuhl. Hank sah sie an. Als sie ihre Schüchternheit soweit überwunden hatte, daß sie ihren Blick zu ihm aufheben konnte, entwaffnete sie sein Gesichtsausdruck vollständig.

Aber nicht nur sein Gesichtsausdruck; es war der ganze Hank, wie er dort stand, im Nachtanzug, mit einem Morgenmantel darüber und mit verschlafenen Augen. So wirkte er viel jünger.

Er lächelte nicht, sondern wirkte eher ratlos. »Was ist los, Ellen?« Er setzte sich auf den anderen Stuhl und ergriff ihre Hand.

»Ich übertreibe nicht, Hank, und bilde mir nichts ein.«

»Schon gut.«

Sein Händedruck beruhigte sie. Sie erzählte ihm, was sie vor dem Essen mit angehört und was sie von der Story in der Zeitung noch im Gedächtnis hatte. Als ihre Erzählung beendet war, drückte ihr Hank noch fester die Hand.

»Er hat dir einen höllischen Schrecken eingejagt, nicht wahr?«

»Meinst du, daß er es ist?«

»Kann schon sein. Ernesto ist ein seltsamer Kerl.«

»Seltsam!«

»Über die Mayas weiß er eine ganze Menge.«

»Hank, hast du die Bücher gesehen?«

Er nickte. »Nicht schlecht.«

»Die Lesezeichen liegen alle bei Opferszenen, Verbrechen und Strafen, lauter blutrünstige Stellen. Nur die haben ihm gefallen.«

»Weißt du denn, daß er die Zeichen hineingelegt hat?«

»Er sagte, daß er die Bücher zum Teil gelesen hat.«

»Vielleicht mag er auch Mickey Spillane.« Er ließ ihre Hand los, griff mit seinen schlanken Fingern nach ihrem Kinn und sah ihr ins Gesicht. Dann legte er plötzlich einen Arm um sie und senkte die Stimme zu einem Flüstern. »Mein Gott, Liebes, vielleicht hast du recht.«

Einen Moment lang vergaß sie ihre Furcht vollständig. Sie konnte nur noch eins denken, daß sie in Hanks Armen lag und er ›Liebes‹ zu ihr gesagt hatte.

Plötzlich ließ er sie los und sagte leise: »Ich hatte auch den Verdacht, daß hier etwas nicht stimmt. Aber ich wollte es nicht wahrhaben, weil ich meine Pläne nicht gefährdet wissen wollte.«

»Deine Pläne?« Er war ihr wieder völlig fremd.

»Ich kann dir das leider nicht erklären. Ich bin nicht rein zufällig hier. Und Rattner habe ich auch nicht durch Zufall kennengelernt.«

»Hank, wie meinst du das?«

Er legte einen Finger auf die Lippen.

»Was ist mit Rattner?« flüsterte sie. »Was tut er?«

Hank lächelte rätselhaft. »Er ist Sammler. Als wir von den Ruinen kamen, hat er in der Bar ein wenig getrunken. Er hat mir ein paar Amateurfunde hier draußen angekündigt. Klang ziemlich verrückt. Jetzt allerdings...« Er zuckte die Achseln. »Laß uns wieder hineingehen.«

Das war nicht die ganze Wahrheit. Es schmerzte sie, wenn sie daran dachte, daß er ihr nicht völlig vertraute. Ernüchtert stellte sie fest: »Das ist natürlich meine Schuld.«

»Deine Schuld?« Im schwachen Schein der Kerze konnte sie den Ausdruck seiner Augen nicht erkennen, aber das Lächeln wirkte freundlich.

»Ich hab's dir schon gesagt, Hank. Weil ich mich mit den Sachen ein bißchen auskenne und weil ich in einem Museum arbeite, sieht es so aus, als ob ich absichtlich hier wäre, um dich zu treffen, und als ob wir gemeinsam auf einen Wertgegenstand aus wären.«

»Meinst du?« Er schien amüsiert. »Da ist nur ein Haken, Madame. Es gibt hier fast nur Kopien. Oder hast du etwas Besonderes entdeckt?«

Ellen überlegte. »Das Halsband!« Vor Aufregung redete sie ziemlich laut.

»Was für ein Halsband?«

»Jaína hat mir eins gezeigt. Ernesto hat es ihr gegeben und gesagt, daß sie es verstecken müßte. Es war wunderschön und bestimmt sehr alt. Vielleicht haben sie noch mehr davon.«

»Grün?« fragte Hank. »War es tief smaragdgrün?«

Sie nickte.

»Jade gibt es in vielen Schattierungen. Die kleine Figur draußen, die du vielleicht gesehen hast, war ziemlich blaß. Aber das tiefe Smaragdgrün – stammt aus der alten Kultur der Mayas.«

»Ein echtes Mayahalsband?« rief Ellen. »Hältst du das für möglich?«

Es klopfte, und die beiden sprangen auf. Schweigend starrten sie zur Tür. Dann hörten sie Rattner fragen:

»Kann ich reinkommen? Oder schlaft ihr gerade miteinander?«

Sie sahen sich an. Ellen zuckte die Achseln. Hank ging zur Tür und öffnete. Joe Rattner trat ein und schloß hinter sich wieder zu. Er lächelte die beiden an, ging zum Regal mit den Flaschen, nahm eine heraus, trank einen Schluck, stellte die Flasche zurück und wandte sich um.

»Ich habe die letzte Bemerkung über das Halsband gehört. Ich kenne es. Und ich vermute, daß ihr beide davon und vom Rest der Juwelensammlung gehört habt, bevor ihr dieses zufällige Treffen in Zocatel arrangiert habt.«

Hank versteifte sich. »Mr. Rattner...«

»Als wir uns kennengelernt haben, hast du mich Joe genannt.«

»Also gut, Joe. Ich bin kein Sammler und Ellen auch nicht.«

»Du hattest mich davon überzeugt. Fast würde ich dir jetzt noch glauben. Aber bei Miß Winlock bin ich mir nicht sicher.« Er sah sie prüfend an. »Was suchen Sie hier?«

Ihre Stimme zitterte vor Empörung. »Ich will nur weg, und zwar so schnell wie möglich!«

»Hör mal, Joe!« bemerkte Hank leichthin. »Sehen wir aus wie Juwelendiebe?«

»Nein.« Er lachte fast verächtlich. »Nicht unbedingt. Aber was soll dann das mitternächtliche Getuschel?«

Ellen sah Hank hilflos an.

Er zupfte sich nachdenklich am Ohrläppchen. »Erzähl's ihm lieber, Ellen.«

Sie schluckte. Hank konnte sie ihre Befürchtungen und Vermutungen gestehen. Mr. Rattner gegenüber war das bedeutend schwieriger. Sie wußte nicht, wo sie beginnen sollte.

Rattner wartete.

»Es betrifft Mr. Fernández«, begann sie.

»Was ist mit ihm? War er hinter Ihnen her? Das würde mich nicht wundern. Er ist ein Frauenheld, ein mexikanischer Frauenheld; das ist sogar noch schlimmer.« Er sah sie forschend an. »Oder was ist los?«

Sie nahm ihren ganzen Mut zusammen. »Ist er auch ein Mörder?«

Rattner ging zum Regal und nahm einen langen Schluck aus der Flasche. »Dann stimmt es also mit dem Mädchen.« Er drückte sich vorsichtig aus und sah Ellen prüfend an. »Und Sie haben es gewußt?«

»Ich habe es erraten.«

Er blieb schrecklich ruhig. »Wir wollen es nicht unnötig aufblasen«, sagte er versöhnlich. »Zocatel ist ein Indiodorf, sehr primitiv. Die Einwohner haben ihre eigenen Gesetze und werden wahrscheinlich denken, daß sie es so verdient hat, weil sie mit einem Mann auf der Teufelsinsel zusammengelebt hat. Ernie muß morgen früh so schnell wie möglich verschwinden.«

Ellen und Hank sahen sich verwirrt an. Dann fragte Hank: »Von wem sprichst du eigentlich?«

»Von dem Indiomädchen natürlich.«

»Jaína!« stöhnte Ellen auf.

»Willst du damit sagen, daß... er sie umgebracht hat?« Hank flüsterte fast.

»Kann sein. Vor dem Essen hat er etwas davon gemurmelt, daß er sie beerdigen wollte und daß es ein Unfall war. Er war so betrunken, daß ich nicht wußte, ob ich ihm glauben sollte oder nicht. Aber als Muluc die Ohrringe auf den Tisch warf, ist er völlig zusammengebrochen.«

»O nein!« Ellen verbarg ihr Gesicht in den Händen. Hank nahm sie in den Arm. Ihre Furcht und Verdächtigungen waren berechtigt gewesen. Jaína, die arme Jaína! Und sie hatte sie noch gewarnt.

»Warum seht ihr mich so verblüfft an?« fragte Rattner. »Habt ihr etwas anderes gemeint?«

»Ja. Ja!« schrie Ellen. »Ich meinte die andere.«

»Welche andere?«

»Das Mädchen aus Texas.«

»Es ist nur eine Vermutung«, bemerkte Hank besänftigend.

»Aber der Name!« Ellen nahm die Hand von den Augen und starrte Rattner an.

»Welcher Name?« fragte er.

»Ernie Ferguson.«

6

Rattner hielt sich vorsichtig zurück. »Den Namen benutzt er manchmal, das stimmt. Was war in Texas los?«

»Also...« Sicher war er jetzt mehr denn je davon überzeugt, daß ihr Besuch in Zocatel kein Zufall war. Bestimmt verdächtigte er sie. Er hatte Ernesto vor der Polizei versteckt. Wenn Ernesto geschnappt würde, wäre Rattner sein Komplize. Das müßte er auf jeden Fall verhindern. Da würde er vor nichts zurückschrecken. Er war ein gefährlicher Mann, sie fühlte sich unsicher. Aber sie mußte wohl bei der Wahrheit bleiben.

»Vor dem Essen war ich draußen vor der Eingangstür und habe zufällig Ihr Gespräch mitgehört. Ich bekam nicht viel mit. Aber Sie sagten ›Fernández oder Ferguson – wie auch immer du dich nennst‹. Und als ich heute nacht nicht schlafen konnte, ging mir der Name nicht aus dem Kopf. Mir fielen die Berichte aus der Zeitung wieder ein.«

»Zeitung?«

»Über den schrecklichen Mord in Texas.«

Joe schien sie nicht zu verstehen. »Was für ein Mord in Texas? Wovon zum Teufel sprechen Sie?«

»Sie wissen es nicht? Wie ist das möglich?«

»Wann war das? Worum geht es?«

»Ein Mord vor ungefähr zwei Monaten.«

»Da war ich in Guatemala, im Dschungel und habe keine Zeitung gelesen. Was war los?«

Sie wollte ihm so schnell wie möglich alles erklären, aber noch bevor sie fertig war, unterbrach er sie. »Verdammt! Er hat mir nichts erzählt. Schwierigkeiten mit Mädchen, hat er gesagt. War ganz ruhig. ›Joe, alter

Freund‹, sagte er, ›ich muß mich verstecken. Habe Schwierigkeiten mit einem Mädchen.‹ Ich war gerade aus Guatemala zurückgekommen, und er spazierte herein wie üblich. Natürlich blank, der lästige Kerl. Hat mich daran erinnert, was sein Vater für mich getan hat, als ich ganz arm aus Amerika gekommen bin. Hat alle Register gezogen. Und ich hab' ihn hierher mitgenommen...«

Er schwieg einen Augenblick und ballte die Fäuste. Dann wandte er sich wieder Ellen zu.

»Sie dachten, ich hätte es gewußt? Und daß ich ihn verstecken würde? Nein, meine Liebe, mit so was will ich nichts zu tun haben. Das Indiomädchen – da nahm ich an, daß es ein Unfall war, falls er es überhaupt getan hatte. Er sollte so schnell wie möglich hier verschwinden. Es wäre ein weiteres Geheimnis gewesen, wie das um den alten Mahagonikönig. Ich habe mich gewundert, warum Ernie nicht möglichst schnell weg wollte. Jetzt verstehe ich es. Er wird noch gesucht. Und er weiß, daß das auch noch lange so bleibt. Hier konnte er sich bestens verstecken.« Er hielt inne. »Was ist mit dem Halsband, über das Sie gesprochen haben? Wie sah es aus? Wo haben Sie es gesehen?«

»Jaína hat es mir gezeigt. Angeblich hatte Ernesto es ihr geschenkt, aber dazu gesagt, daß sie es verstecken sollte. Es war sehr hübsch, mit großen, geschliffenen Steinen. Ich glaube aus Jade und außerordentlich alt.«

Rattner nickte zu jedem Punkt der Beschreibung. »Ich kenne es sehr gut. Es ist ein Stück aus meiner Sammlung. Und ich weiß genau, wo die Sachen eigentlich liegen sollten.«

Er ging schnell zur Tür, schloß auf, nahm den Schlüssel heraus, drehte sich um und sagte gebieterisch: »Ihr zwei bleibt hier.«

Er wartete nicht auf eine Antwort, öffnete die Tür und verließ den Raum. Sie hörten, wie er von draußen abschloß.

»Das ist doch...!« Ellen sah Hank fragend an. Zu ihrer Überraschung lächelte er. Seine Augen strahlten im Licht der Kerze. »Hank, warum hat er das getan?«

»Laß nur.« Er strich ihr über den Kopf und den langen Zopf hinab. Spielerisch nahm er ihn dann auf und schwenkte ihn hin und her.

»Wir sollen uns einfach einschließen lassen?«

Er spielte weiter mit ihren Haaren. »Ich bin froh, daß er jetzt sucht«, murmelte er. »Rattner hängt sehr stark an seinem Besitz. Wenn sein Freund Ernie etwas angerührt haben sollte, wirst du schon sehen, was passiert.«

»Meinst du das Halsband?«

Hank lächelte. »Wenn's nur das wäre. Nein, da ist noch etwas Wertvolleres. Er ist sehr vorsichtig, hat es noch nicht einmal erwähnt. Aber ich bin sicher, daß er es hat. Und ich möchte es von ihm bekommen, bevor andere Interessenten da sind. Wir wollen uns also mit ihm gut stellen. Okay?«

Sie nickte. »Aber kannst du mir nicht sagen, was es ist?«

»Ich möchte nicht, daß du mit hineingezogen wirst. Es ist zu gefährlich. Du bist schon zu sehr mit allem verstrickt. Ernesto – Ernie – macht mir Sorgen.«

Sie wollte mit einbezogen werden. Aber der Gedanke an Ernesto, der nebenan schlief, an Ernesto, der vielleicht aufwachen konnte und herauskam, ließ sie stillhalten. Sie saß so ruhig wie möglich da und versuchte ein Zittern zu unterdrücken.

Hank untersuchte die Regale. Da standen verschlossene Schachteln, Haufen von Packpapier mit Bindfäden und Flaschen herum.

»Solange wir eingeschlossen sind«, bemerkte Hank, »könnten wir etwas trinken. Was möchtest du?«

»Aus der Flasche?«

»Ja.«

»Ich glaube«, sie kicherte nervös, »daß wir auf Manieren sowieso nicht mehr zu achten brauchen.«

Er hielt eine Flasche hoch. »Was hältst du von Sherry?« Er reichte ihn ihr. Sie nahm einen Schluck und gab ihm die Flasche zurück.

Sie beobachtete, wie er ansetzte. Die Manschette seines Nachtanzuges war eingerissen. Unter dem Morgenmantel konnte sie das sehen. Plötzlich verspürte sie das dringende Bedürfnis, diesen Riß zu nähen.

Er stellte die Flasche zurück und lächelte.

»Was ist, Hank?«

»Was die Sponsoren wohl sagen würden, wenn sie Professor McNeil jetzt sehen könnten?«

»Oder der Museumsdirektor von Littleton.«

»Die lockere Miß Winlock. Hübsch, lässig, Miß Winlock im Negligé...« Er brach ab.

Ihr stockte der Atem, als er auf sie zukam. Da wurde die Stille vom Knirschen des Schlüssels im Schlüsselloch unterbrochen.

Einen Moment sah Rattner sie an und lächelte verständnisvoll. Dann verschloß er die Tür wieder von innen und lehnte sich dagegen. Er wurde ernst.

»Tut mir leid, daß ich Gefängniswärter spiele«, sagte er mit seiner scharfen Stimme. »Ich habe zwar nicht gedacht, daß ihr beiden in nächster Zeit ausbrechen wolltet. Aber ich fürchtete, Ernie würde vielleicht herumschleichen. Und weil Sie die einzige Frau hier sind – nun ja, es wäre bestimmt nicht angenehm, wenn er hereinplatzen würde.«

»Danke.« Ellen stotterte fast. »Vielen Dank. Vielleicht gehe ich jetzt besser zu Bett.«

»Nein«, sagte Rattner. »Ich muß mit euch beiden reden.«

Das klang wie ein Befehl. Sie verhärtete sich, aber bevor sie an eine Antwort denken konnte, fragte Hank ganz ruhig: »Was gibt's denn, Joe?«

»Ich brauche eure Hilfe.«

»Hilfe?«

»Ein paar Dinge fehlen. Ich habe mich zwar nie mit einer Inventarliste abgequält, aber ich weiß recht genau, welche antiken Gegenstände ich besitze. Einige sind wirklich verschwunden.« Er zögerte und sah ihnen dann prüfend in die Augen. »Ihr zwei habt hier ziemlich viel herumgeschnüffelt. Habt ihr irgendwo Figuren gesehen, die lächelnde Puppen genannt werden? Kleine Kerle mit fetten, grinsenden Gesichtern?«

»Ich kenne sie«, sagte Hank, »die Remojadas-Figuren, aber ich habe sie hier nicht bemerkt.«

»Oder ein kleiner Kerl, aus Obsidian, glaube ich, der im Schneidersitz seine Hände auf den Knien hält?«

Sie schüttelten beide den Kopf.

»Oder eine große Silberschale, die auf Schlangenköpfen steht?«

»Mixtec, wette ich. Nicht gesehen«, sagte Hank.

»Das ist alles, was mir im Moment einfällt. Nur noch ein Ding, das man im Mund trägt. Die Kerle haben sich damals überall mit Juwelen behängt. Dies Ding ist wirklich außergewöhnlich. Paßt wie ein Schnorchel in den Mund. Es ist aber eine Schlange mit beweglicher Zunge.«

»Auch nicht gesehen.«

»Daran würde ich mich bestimmt erinnern, wenn ich's bemerkt hätte«, fügte Ellen hinzu.

Joe Rattner schüttelte entmutigt seinen Kopf. Dann sagte er: »Ich hielt es für überflüssig, mitten in der Nacht hier alles auseinanderzunehmen. Außerdem kenne ich

Ernie. Er ist schlau. Man muß ihn an einer langen Leine laufen lassen, dann verfängt er sich selbst darin. Sicher will er alles mitnehmen, was er irgendwie versetzen kann. Wir werden also morgen die Stunden verstreichen lassen und abwarten. Vielleicht den ganzen Tag lang.«

»O nein!« rief Ellen. »Das macht Brad nicht mit. Ich weiß auch nicht, ob ich noch einen Tag aushalten kann.«

Hank legte ihr beruhigend seine Hand auf die Schulter. »Brad und du, ihr könnt doch abfliegen.«

»Nein«, sagte Joe mit scharfer Stimme. »Das ist es ja gerade. Wenn ich wirklich alles durchsuchen will, muß Ernie abgelenkt werden.« Er sah Ellen an. »Er ist hinter Ihnen her. Sie können ihn beschäftigen.«

»Nein!« Sie wußte nicht, daß sie so laut geschrien hatte. Rattner legte seinen Finger an die Lippen.

Hanks Hand lag immer noch auf ihrer Schulter. »Ist das unbedingt nötig, Joe?« fragte er.

Rattner lächelte ihm kalt zu. »Am hellichten Tag«, sagte er, »der Bruder und du in Rufweite? Also wirklich!«

Sie schüttelte den Kopf.

Joes Stimme blieb gleichmütig. »Es wäre für alle Teile angenehmer, wenn Sie mitmachen würden. War nur ein Vorschlag. Ihre bloße Gegenwart würde aber auch schon ausreichen, sogar wenn Sie sich von ihm fernhalten.«

»Der Mann ist gefährlich, Joe«, erinnerte ihn Hank.

Joe zuckte die Achseln. »Ich werde mit Ernie fertig. Aber warum sollen wir uns streiten? Ich habe immer noch das Benzin.«

Das Schweigen wurde ungemütlich. Sie sah Hank an. Er schien besorgt, aber nicht so besorgt, wie er es unter diesen Umständen hätte sein müssen.

Sie verstand seinen Ausdruck besser, als ihr seine

Worte einfielen: »Wir wollen uns gut mit ihm stellen.« Es war wichtig für Hank. Wichtig, aber auch gefährlich. Sie mußte Hank helfen.

Also wandte sie sich Joe zu. Sein Blick ließ es ihr kalt den Rücken hinunterlaufen. Ihm war es egal, wie sehr sie mit hineingezogen oder verletzt wurde. Sie wagte es nicht, ihm zu vertrauen. Dennoch mußte sie wenigstens so tun, als ob sie Vertrauen hätte.

Ellen brachte ein Lächeln zustande. »Sie haben das Benzin. Da ist nur ein Haken.«

»Welcher?«

»Brad«, erinnerte ihn Ellen. »Er wird außer sich geraten. Wenn er alles über Ernesto erfährt, wird er hochgehen und Ihren ganzen Plan vereiteln. So ist mein Bruder nun mal.«

»Also halten Sie den Mund. Sagen Sie nur, daß ich annehme, Ernie hätte etwas gestohlen und daß ich ihm eine Falle stellen wollte. Das wird der alte Pfadfinder doch fressen, oder? Sie sind ein kluges Mädchen. Halten Sie durch, und ich werde Ihnen Mexiko City zeigen.«

Er brach plötzlich ab und horchte.

Im Nebenzimmer waren Schritte zu vernehmen. Joe löschte die Kerze.

Sie warteten in der Dunkelheit.

»Was zum Teufel geht hier vor?« erklang Brads Stimme.

Sie atmeten erleichtert auf, als Joe die Kerze wieder entzündete und die Tür aufschloß.

Brad sah sie verschlafen an. »Was zum...?«

Da stand er, ihr Bruder. Ein eigenartiges Gefühl überkam sie. In einem Moment schien sich ihre lebenslange Beziehung in das Gegenteil zu verkehren. Sie meinte, schon immer gewußt zu haben, wie Brad war. Seit ihrer Kindheit hatte sie ihn zu ihrem Beschützer und Führer gemacht, weil sie sich träumerisch und unsicher und ihm unterlegen gefühlt hatte. Sie war wie Jekyll-Hyde, eine disziplinierte Bibliothekarin mit gelegentlichen emotionalen Ausbrüchen.

Jetzt kamen diese zwei Seiten in ihr beide zur Geltung. Sie wollte etwas vollkommen Verrücktes unternehmen, was gleichzeitig große Disziplin erforderte. Sie mußte die klügere sein und Brad führen, ohne daß er sich dessen gewahr werden durfte. Er war nicht mehr ihr großer Bruder, vielmehr war sie zur großen Schwester geworden.

Sie drückte Hanks Hand ganz fest und ging zur Tür. Dort drehte sie sich noch einmal um und zwinkerte Hank und Joe mit den Augen zu. Hoffentlich verstanden die beiden, wie wenig sie sagen würde.

Und dann sagte sie mit erzwungener Ruhe: »Komm, Brad, wir gehen in unser Zimmer zurück. Ich werde dir alles erklären.«

Nachdem sie einmal angesetzt hatte, kamen ihr die Lügen erstaunlich leicht über die Lippen. Zum Teil sagte sie auch die Wahrheit, und der Rest war das, was Brad sowieso hören wollte. Sie habe nicht schlafen können, und er sei nicht wach geworden. Dann hätte sie aus dem Nebenzimmer Stimmen gehört und wäre hingegangen.

Sie saßen einander in dem prunkvollen Raum gegenüber. Während Ellen in das sanfte, runde, fast etwas ungeschlachte Gesicht ihres Bruders schaute, meinte sie, ihn zum erstenmal wirklich zu sehen. Brad zeigte nur an einem Ort Mut – im Flugzeug. Ansonsten war er, besonders wenn Frauen im Spiel waren, erzkonservativ. Seit dem Tod ihres Vaters war er der einzige Mann in der Familie gewesen. Und weil er außerdem eine recht anspruchsvolle Frau hatte, war sein Verantwortungsgefühl der Schwester und der Frau gegenüber stark ausgeprägt.

»Ich weiß nicht, was mit dir los ist, Ellen«, sagte er jetzt. »Es paßt doch nicht zu dir, daß du mitten in der Nacht aufstehst und halb angekleidet nach draußen gehst.«

Sie lachte. Wenn das seine ganzen Sorgen waren! Er ahnte immer noch keine Gefahr. Was würde er dazu sagen, wenn er erfuhr, daß Ernesto ein Mörder war? Sie konnte sich die Entrüstung und den Abscheu vorstellen, die in seinem Gesicht zutage treten würden. Außerdem würde er von dem Moment an wie eine Klette an ihr hängen und durch seine gerade Art Ernesto bald verraten, daß er alles wußte.

»Warum lachst du?« fragte er. »Ich verstehe dich nicht. Daß du zu alledem auch noch mit diesem schmierigen Mexikaner flirtest!«

»Ach, Brad!« seufzte sie.

»Du hast mir immer noch nicht erklärt, warum ihr drei in dem Vorratsraum wart.«

»Wir wollten dich oder Ernesto nicht stören. Wieso bist du eigentlich aufgewacht?«

»Im Nebenraum war es ziemlich laut. Ich dachte, du wärst davon auch wach geworden. Deshalb wollte ich dir etwas sagen, aber du warst weg. Da bin ich dann hellwach geworden.«

»Wahrscheinlich hat Joe Rattner den Krach verursacht, den du gehört hast. Er hat etwas gesucht. Ihm fehlen einige Gegenstände.« Den vermuteten Diebstahl brauchte sie ihm nicht zu verheimlichen.

»Und du warst mit Hank zusammen allein in der Vorratskammer?«

»Nur kurze Zeit, Brad. Das Wichtigste ist, daß einige Wertgegenstände verschwunden sind. Mr. Rattner glaubt, daß Ernesto dafür verantwortlich ist. Er will das morgen untersuchen. Und darüber haben wir uns unterhalten. Jetzt in der Nacht würde ihm die Untersuchung nicht viel bringen.«

Brad gähnte. »Ist das alles? Von mir aus kann er so lange suchen, wie er will. Wir verschwinden hier so schnell wie möglich. Lösch bitte das Licht aus. Ich habe mich schon beim Anzünden fast verbrannt.«

Sie löschte das Licht und ging zu Bett.

Sie würden nicht so schnell wie möglich verschwinden, sondern die Untersuchung abwarten.

Wertvoll. Echte Wertsachen. Was konnte das sein, was Hank so sehr interessierte?

Sie rief sich noch einmal alles ins Gedächtnis zurück, was Hank beim Anblick der Kunstgegenstände im Wohnraum gesagt hatte, seine Gespräche mit Rattner und Ernesto, die Details, auf die sie nicht geachtet hatte, weil sie in Gedanken einfach nur mit Hank beschäftigt gewesen war. Sie erinnerte sich an den Gesichtsausdruck, der seinen Ton Lügen strafte, als er zu Ernesto sagte: »...hätte eine ungeheure Bedeutung«, dann hatte er sich korrigiert: »Interessant, würde ich sagen.«

Ein Buch der Mayas! Die Hieroglyphen! Natürlich. Und er wollte es als erster haben. Sie wußte zwar nicht genau, für wen er arbeitete, aber sie konnte sich gut vorstellen, wer seine Konkurrenten waren.

Sie lag in der Dunkelheit, und Brads Naivität und ihre eigene Verstrickung mit den Vorgängen um sie herum gingen ihr durch den Kopf. Bisher hatte sie ihre Rolle ganz gut gespielt. Aber morgen früh würde es schwieriger werden. Entschlossen faltete sie die Hände und betete um den nötigen Mut.

7

Bevor sie ihre Augen richtig geöffnet hatte, durchströmte sie eine wohlige Zufriedenheit. Zwischen Traum und Erwachen rief sie sich jene Augenblicke mit Hank vom Abend zuvor ins Gedächtnis zurück. Er hatte sie ›Liebes‹ genannt. Bei einem anderen hätte das vielleicht nicht viel zu bedeuten, aber bei Hank... Und als er gesagt hatte: »Hübsch, locker, Miß Winlock im Negligé«, wäre noch viel mehr gefolgt, wenn Rattner nicht gekommen wäre.

Rattner. Sie öffnete die Augen. Durch den rot-gelben Vorhang drang Sonnenlicht, und ihr fiel die Rolle ein, die sie heute spielen mußte. Aus dem Badezimmer hörte sie Wasser plätschern. Brad war also schon aufgestanden.

Als sie vor dem Spiegel saß und ihr Haar bürstete, bemerkte sie, daß sie bei Tageslicht nicht mehr so ängstlich war, eher gespannt. Sie mußte sich besonders hübsch machen. Damit Ernesto die Augen nicht von ihr ließ. Hank auch nicht. Sie lächelte über diesen Gedanken wie über eine kleine Verschwörung.

Keinen Zopf – sie wollte die Haare offen lassen und ihr Lieblingskleid, das mayablaue, anziehen.

Brad kam aus dem Bad. »Du kannst rein, Ellen. Beeil dich, ja? Ich bin seit Stunden wach. Was, ist noch kein Kaffee da?«

»Nein.« Brad wußte nichts von Jaína. Begraben. Die Erinnerung an Jaína ließ sie erschauern. Sie eilte ins Bad, bevor Brad ihren Gesichtsausdruck mitbekam.

Als sie fertig war, war Brad schon verschwunden. Er hatte seine Reisetasche mitgenommen.

Als sie sich ankleidete, packte sie ihre Tasche noch einmal um und wunderte sich erneut, was um alles in der Welt mit ihren Haarnadeln geschehen war.

Sie zog das blaue Kleid an und die Schuhe mit den Absätzen. Die waren nicht so bequem wie ihre flachen, besonders wegen des verstauchten Knöchels, aber sie wirkten sehr viel weiblicher.

Joe Rattner, Hank und Brad saßen im Wohnraum, als sie eintrat. Sie erhoben sich gleichzeitig, und Joe Rattner stieß einen leisen Pfiff aus.

Brad rief: »Ellen, um Himmels willen!«

Der Glanz in Hanks Augen entsprach ihren Vorstellungen. Er sah sie an wie eine neue Hieroglyphe, die man vielleicht entschlüsseln konnte.

»Braves Mädchen«, grinste Joe Rattner. »Ich fürchte allerdings, daß das überflüssig war.«

»Es war nicht nötig«, fügte Hank hinzu, »aber mir gefällt es.«

Alle drei trugen seltsame Mienen zur Schau. Die Stimmung hatte sich seit dem gestrigen Abend völlig verändert.

»Wir haben auf dich gewartet, Ellen«, sagte Brad. »Drei hungrige Männer, die es eilig haben. Machst du uns ein Frühstück?«

Sie sah Joe an.

»Ernesto ist verschwunden.« Er zuckte die Achseln. »Ausgeflogen. Und der alte Muluc ist auch nicht wiedergekommen.«

»Ernesto ist weg? Sind Sie sicher?«

»Spurlos verschwunden. Wir haben das ganze Haus und die Insel abgesucht.«

»Aber wo soll er denn sein?« Irgendwie war sein Verschwinden genauso beängstigend wie seine Gegenwart. Er konnte unerwartet wieder auftauchen.

»Wahrscheinlich versteckt er sich irgendwo und wartet, daß wir abfliegen. Wir können hier also alles ganz genau durchsuchen.«

»Das können Sie machen«, sagte Brad entschlossen. »Wir verschwinden hier. Ellen, was ist mit dem Frühstück? Oder sollen wir gleich gehen?«

»Ich glaube, wir brauchen eine Tasse Kaffee«, wurde Joe energisch.

›Beide Flugzeuge waren Zweisitzer‹, dachte Ellen. ›Hank würde mit Rattner fliegen müssen. Würden sie überhaupt abfliegen? Bevor Rattner seine Wertgegenstände gefunden hatte? Oder Hank das Buch? Falls es das war. Brad würde sie bestimmt nach Florida bringen. Da wollte sie noch nicht wieder hin.‹

»Natürlich mache ich Frühstück«, sagte sie freundlich. »Ich kann das zwar nicht so gut, aber ich werd's versuchen.«

Die Küche war groß, düster und schmutzig. In einer Ecke waren Haken für Hängematten, in denen Jaína und wahrscheinlich auch Muluc geschlafen hatten.

Der Herd war der älteste, den sie jemals gesehen hatte. Überall stand das Geschirr vom gestrigen Abend herum, und Fliegen umschwärmten die Reste vom Wild.

Wie war Jaína bloß allein mit einem solchen Ort zurechtgekommen? Beim Gedanken an Jaína untersuchte sie die Tür nach draußen. Sie war von innen verriegelt. Erleichtert wandte sie sich um und betrachtete den alten Herd.

Frühstück. Das wichtigste war Kaffee. Sie mußte Wasser aufsetzen. Ein Feuer. Wie zündete man an einem Ort wie diesem Feuer an? Sie besah sich die Holzkohle in dem Herd. »Frühstück machen«, sagte sie laut. »Das ist leichter gesagt als getan.«

Von der Tür hörte sie Hank fragen: »Brauchst du Hilfe?«

»O ja.« Sie lachte. »Ich kann kochen. Ganz bestimmt. Ich kann auch Frühstück machen. Aber hier!«

»Ich weiß. Wo ist der Instantkaffee? Der gefrorene Orangensaft? Der Toaster? Die elektrische Bratpfanne?«

»Woher weißt du das alles?«

»Ich bin auch zivilisiert. Aber ich war früher mal bei den Pfadfindern.«

Sie begannen schweigend gemeinsam mit der Arbeit. Das Zusammenspiel funktionierte kameradschaftlich – Hank machte Feuer, während sie nach Kaffee und einer Kanne suchte. Sie wusch die Kanne aus und zerschnitt eine Melone, die sie in einem Korb gefunden hatte. Brot konnte sie nicht entdecken, aber Hank holte eine Schachtel Kekse von einem Regal.

Von Zeit zu Zeit erschien Brad in der Tür und erkundigte sich: »Kommt ihr voran?«

Sie antwortete jedesmal: »Langsam, aber sicher.«

Schließlich beschäftigte sie ihn und ließ ihn den Tisch von Resten vom gestrigen Abend freiräumen, dann setzten sie sich.

Es war ein stilles, eiliges Mahl. Joe war beschäftigt, und Brad aß schnell, wobei er häufig zur Uhr sah. Er war als erster fertig und rauchte noch, als er wieder vom Aufbruch sprach.

Hank und Ellen sahen einander an, und sie wußte, daß sie beide dasselbe dachten.

Joe kam ihnen zu Hilfe, nicht ganz uneigennützig, das war klar. Wahrscheinlich rechnete er mit der Möglichkeit von Ernestos Rückkehr und dachte an die Rolle, die sie spielen sollte.

Joe sagte: »Ich glaube, Winlock, es ist das beste, wenn wir beide erst mal zu zweit hingehen. Warum wollen Sie Ihre Schwester auf der Rollbahn herumsitzen lassen?«

»Ich bin in kurzer Zeit startklar«, protestierte Brad. »Und mit dem Benzin, das dauert nur einen Moment.

Jemand müßte wegen ihr zurückkommen. Da stände das Flugzeug wieder unbeobachtet.«

»Ihr Freund hat Wachen aufgestellt. Erinnern Sie sich? Einer von ihnen kann zurück gehen. Mit McNeil kann ihr hier bestimmt nichts passieren.«

Brad drehte sich ungeduldig zu ihr um.

»Ich würde lieber hier warten, Brad.«

»Okay, okay.« Sie hatte ihn seit ihrer Kindheit nicht mehr so ungehalten erlebt, nicht seit damals, als sie hinter ihm hergezogen war und er sie nicht hatte brauchen können. Ihr Benehmen störte ihn. Wie erwartet wollte er von der ganzen Reise nichts mehr wissen.

Er stieß seinen Stuhl zurück und sagte zu Joe: »Also gut, gehen wir.«

Sie brachen auf. An der Tür drehte Brad sich um: »Ich nehme das Gepäck mit.«

»Ich kann meines tragen, Brad.«

»Wir fliegen nach Florida zurück.«

Sie antwortete nicht.

Die Fliegengittertür schlug zu.

»Du bist nicht sehr groß«, sagte Hank gequält. »Vielleicht können wir dich in Rattners Flugzeug unterbringen.«

»Wie abenteuerlich!«

»Ja, dazu sind Ferien doch da. Abenteuerlich, aber wundervoll aufregend.«

Sie fühlte sich wie im Traum. Wenn sie mit Hank nach Merida fliegen könnte, würde der Traum weitergehen.

Schüchtern saßen sie am Tisch einander gegenüber.

Schließlich fragte sie: »Möchtest du noch ein wenig von dem furchtbaren Kaffee?«

»Er ist nicht schlecht.« Hank reichte ihr seine Tasse.

Sie nahm die schwere Kanne und schenkte ihm ein.

»Es ist bestimmt keine Spitzenleistung von mir, zuviel Satz drin, schlammig.«

»Schlamm. Das ist die Hölle der Mayas. Wußtest du das? Im Gegensatz zu uns stellen sie sich einen feuchtkalten Sumpf vor.«

»Bitte... nicht heute morgen. Das erinnert mich an Ernesto.«

»Der ist verschwunden, Ellen.«

»Verschwunden, aber nicht vergessen.« Sie trank ihren Kaffee aus, starrte auf den Satz in der Tasse und stellte sie dann ab. »Außerdem könnte er zurückkommen.«

»Das stimmt. Weißt du, was ich glaube?«

»Was?«

»Er holt Zigaretten«, sagte er leichthin. »Wir haben keine mehr. Nicht mal mehr mexikanische. Du mußt dich nicht wundern, wenn ich grantig zu dir bin.«

»Brad ist ganz sicher nervös! Diese ganze Reise hat ihn verärgert. Und er kennt noch nicht einmal die ganze Wahrheit.«

Es war schwierig zu erraten, in welcher Stimmung Hank sich gerade befand. Andererseits konnte sie aber auch nicht einfach so dasitzen, ihn ansehen und die Zeit verstreichen lassen. Sie stand vom Tisch auf und ging zur Eingangstür.

Die Welt war eintönig grau. Schwach grün gefärbte Blätter hingen verklebt herab, das Wasser hatte seinen Glanz verloren, und hohe Wellen schlugen bis zur Hängebrücke hinauf.

Eine seltsam wandlungsfähige Landschaft. Dennoch war sie ihr in der kurzen Zeit, die sie jetzt hier war, vertraut geworden. Der Grund dafür lag natürlich in Hanks Gegenwart. Er fühlte sich im Land der Mayas heimisch, also ging es ihr ebenso.

Gestern in der Nacht waren sie sich so nah gewesen, aber jetzt, bei Tageslicht, schien diese Nähe von ihnen gewichen. Die Zeit lief ihnen davon. Sie mußte schnell handeln, die Gelegenheit nützen, etwas riskieren – das war ihre einzige Chance.

Hank trat hinter sie. Er fuhr ihr mit seinen schlanken Fingern durch die Haare.

»Wie ist es, Ellen?«

Sie atmete tief durch und wirbelte herum: »Ich werde nicht mit Brad zurückfliegen. Ich bleibe hier.«

Seine Augen glänzten, aber er zog verwundert die Brauen hoch.

»Wie sollte ich jetzt abreisen können?« fragte sie. »Ich bin zwar durch das, was ich hier gesehen und gehört habe, zu Tode erschrocken. Aber wie du schon gesagt hast, ist alles herrlich aufregend. So wie Ferien sein sollten. Ich möchte, daß Rattner wiederfindet, was er verloren hat. Und wenn es nur deshalb wäre, weil Ernesto die Sachen genommen hat. Außerdem möchte ich dir behilflich sein.«

Er antwortete nicht, sondern legte seine langen Arme um ihre Taille.

»Du möchtest mir helfen«, sagte er dann sanft. »Dabei weißt du noch nicht einmal, was ich vorhabe. Ich habe dir doch gesagt, daß es gefährlich ist.«

»Ja.«

Einen Moment lang hielt er sie in seinen Armen, dann ließ er sie los und sah sie an.

»Du hast mir deine Hilfe so bedingungslos angeboten, daß ich dir wohl vertrauen kann.«

Er stieß die Gittertür auf und zog sie mit sich nach draußen. »Paß auf. Ich muß mich beeilen. Niemand darf es hören.«

Sie nickte.

»Ich arbeite für einen Freund, einen Museumsdirektor. Deshalb bin ich nach Mexiko gekommen und habe Rattner aufgesucht. Natürlich bin ich kein Sammler. Ich bin Zwischenhändler, mein Hobby hat mich dafür qualifiziert.«

»Die Hieroglyphen.«

»Du hast es erraten!«

»Gestern abend. Es existiert ein echtes...«

Er legte ihr die Hand auf den Mund.

»Du hast eine sehr laute Stimme, dafür daß du so klein bist. Wir möchten, daß Rattner es dem Museum für mögliche Übersetzungen ausleiht, bevor irgendein Händler aus einem anderen Land Rattner mit einem kolossalen Angebot ködert.«

»Darauf wartet er bestimmt.«

»Ja.«

Sie hörten von unten ein Geräusch und drehten sich beide herum.

Auf der Brücke bewegte sich etwas. Es sah aus, als wenn ein Mann auf sie zukroch. Hank nahm ihren Arm, und sie sahen genau hin. Da erkannte Ellen, was es war.

»Das ist mein Freund!«

»Dein Freund?«

»Ein armer Hund.«

Sie ging weiter nach vorn auf die Veranda.

Der Hund kam langsam von der Brücke auf die unteren Stufen zugehinkt.

»Er muß wirklich dein Freund sein, daß er sich auf die Brücke wagt«, sagte Hank. »Fast alle mexikanischen Hunde laufen weg.«

Der Hund setzte sich unten auf die Stufen und starrte sie an. ›Der wird mich in meinen Gedanken auch verfolgen‹, dachte Ellen. ›Diese traurigen, verwahrlosten Augen. Wie die von Jaína.‹ Sie drehte sich um und fiel Hank um den Hals. Er hielt sie und drückte sein Gesicht an ihre Haare. Da wußte sie, daß er sie verstand.

Etwas später sagte er: »Jetzt kommt noch mehr Gesellschaft.«

»Wer?« Sie hob den Kopf und dachte: ›Ernesto, das muß Ernesto sein.‹

Aber es war Miguel.

Auch der Hund bemerkte ihn. Er kniff den Schwanz ein und verschwand hinter dem Haus.

Miguel überquerte die Brücke mit langen Schritten, blieb da stehen, wo vorher der Hund gewesen war, und sah zu ihnen auf. Er nickte kurz, lächelte aber nicht.

»Entschuldigen Sie bitte, ich wollte nicht stören.«

»Schon gut«, erklärte Hank steif.

»Ich muß mit *Señor* Fernández reden.«

»*Señor* Fernández!« Ellen holte tief Luft.

»Er ist nicht da«, erklärte Hank. »Tut mir leid.«

»Wo ist er? Ich muß ihn sofort finden.«

»Miguel, worum handelt es sich?« schrie Ellen.

»Der alte Muluc ist im Dorf. Er hat viel Pulque getrunken. Er hat vergessen, wer ihm das Geld für den Pulque gegeben hat. Außerdem erzählt er jedem, der es wissen will, daß *Señor* Fernández seine Nichte getötet hat. Und daß er Fernández töten will. So wie er den Mahagonikönig umgebracht hat. Er hat es zugegeben. Die ganzen Jahre hat er das Geheimnis aus Scham gehütet. Der Mahagonikönig hat ihm die Frau gestohlen. Muluc benimmt sich heute... wie ein Verrückter. Und er stachelt das ganze Dorf auf. Man wird ihn nicht bremsen können. *Señor* Fernández muß sofort fliehen.«

»Er ist schon weg«, sagte Hank.

»Wenn er in den Dschungel gegangen ist, wird Muluc ihn finden.«

»Ich glaube, Sie kommen ein bißchen zu spät, um Ihren Freund zu warnen«, sagte Hank förmlich.

»Er ist nicht mein Freund!« Miguels Augen flammten

auf. »Letzte Nacht hat er mein Leben bedroht. Ich bin gekommen, weil ich ihm ins Gesicht sagen wollte, daß jeder in Zocatel weiß, daß er ein Mörder ist.«

»Seltsames Vergnügen«, sagte Hank.

Miguel zog gemächlich eine Packung Zigaretten aus der Tasche und hielt sie Hank hin: »*Señor?*«

Hank eilte die Stufen hinunter.

Miguel lächelte. Der Glanz in seinen Augen erlosch.

»Vielen Dank!« Hank nahm die Zigarette und das Feuer an und tat einen tiefen Zug. »Und vielen Dank auch für die Warnung.«

»Warnung, *Señor?*«

»Vielleicht sollten wir besser auch verschwinden, wenn das ganze Dorf in Aufruhr ist.«

»*Pronto, Señor.*«

Miguel sah Ellen an. Seine Augen waren warm wie immer, aber ein wenig traurig. Er hatte gesehen, wie sie die Arme um Hanks Hals schlang. Und so war ihm wohl die Sinnlosigkeit seines Werbens um sie aufgegangen. Ganz impulsiv sagte sie: »Miguel, es tut mir leid, daß Sie nicht bei uns mitfliegen können und daß Sie allein durch den Dschungel zurück müssen. Ist Ihr Führer nüchtern?«

»Mein Führer ist Indio, *Señorita*. Ich werde allein gehen.«

»Dann ›*vaya con dios*‹. Sagt man das so?«

Er nickte. »*Vaya con dios. Usted y el, Señor.*« Er gab Hank die Hand.

»*Thank you.*« Hank lächelte. »*Gracias.*«

Der Himmel hatte sich plötzlich verdüstert. Aus dem Nichts waren Wolken aufgezogen. Die Brücke schwankte im Wind über den rollenden Wogen hin und her.

»Vielen Dank noch mal für die Zigarette«, sagte Hank. Dann, als Miguel sich umwandte, um zu gehen, fügte er hinzu: »Kann man in Zocatel irgendwo Zigaretten kaufen?«

»Nein, *Señor*, aber ich habe gleich über der Brücke bei meinen Sachen noch viele Zigaretten. Ich werde Ihnen eine Schachtel bringen.«

»Nicht doch, ich komme und hole sie mir. Machen Sie sich deswegen keine Umstände.«

»Hank...«

Sie wollte ihn bitten, sie hier nicht allein zu lassen. Doch dann dachte sie: ›Ernesto ist weg. Warum sollte ich Angst haben?‹

Hank wandte sich um und warf ihr einen Kuß zu: »Ich bin gleich wieder da.«

Sie blieb auf den Stufen unter dem dunklen Himmel stehen. Der Wind fuhr ihr durch das weite Kleid und die langen Haare. Langsam verschwanden die zwei Männer vor ihren Blicken.

Ihr fiel der Hund wieder ein, und sie pfiff und rief: »He, Kleiner! Komm, mein Hundchen!« Aber er reagierte nicht. Um das Haus herumzugehen war fast unmöglich. Das Gestrüpp war undurchdringlich. Aber da war noch die Hintertür.

Sie ging ins Haus und durch das große Zimmer. Die Augen der kleinen Figuren folgten ihr dabei wie am ersten Abend.

Als sie die Hintertür aufschloß, saß dort der Hund und wartete ruhig. Er war völlig ausgehungert. Der Teller mit den Wildresten stand immer noch in der Küche. Sie stellte ihn auf den Boden und rief nach dem Hund, doch der bewegte sich nicht. Sie trug den Teller näher zu ihm hin; er schnupperte, der Speichel troff ihm aus den Lefzen, und er sah mit einem flehenden Gewinsel zu ihr auf. In die Küche wagte er sich aber nicht.

Sie stellte den Teller auf die Stufe und zog sich in die Küche zurück, weil sie nachsehen wollte, ob sich noch etwas anderes Passendes für eine solche kleine, hungrige Kreatur finden ließ.

Von irgendwo im Haus hörte sie ein Geräusch. Sie sprang auf. Hank mußte jetzt zurück sein, und die anderen auch. Eilig verließ sie die Küche.

Im Hauptraum war niemand zu sehen.

»Ist da jemand?« rief sie. Erhielt aber keine Antwort.

Auf den Stufen und der Brücke war auch keine Menschenseele. Wer weiß, was das für ein Geräusch war. Vielleicht nur der Wind.

Sie ging ruhelos auf und ab und besah sich wieder die Regale.

Wenn die Sammlung wenigstens ein wenig geordnet wäre! Die Mädchenfiguren mit den kleinen Brüsten und fast wulstigen Schenkeln waren bestimmt sehr alt. Überall in der Welt konnte man primitive Keramik finden, die ihnen glich. Und von woher und wann mochten diese Schalen stammen, die in Form und Größe die weibliche Brust imitierten?

Da standen die Bücher. Hatte schon jemand dahinter nachgesehen? Sie zog eins hervor und begutachtete auf Zehenspitzen das Innenleben des Regals; auch mit der Hand fühlte sie nur Staub. Als sie ihre Hand zurückzog, fiel ein dünner Band, der links gestanden hatte, offen zu Boden.

Sie bückte sich und wollte ihn aufheben. Da fiel ihr Blick auf eine Illustration mit folgendem Begleittext: Der ›Holpop‹ sitzt auf seiner Matte, die ›Pop‹ genannt wird, und spricht Recht. Dabei hält der ›Caluac‹, der Majordomus, seinen Stab. Beachten Sie die Musiker und ihre Instrumente: Trompeten aus Holz, Keramik und Muschelkalk, die Tunkultrommel, Kürbisrasseln, eine Flöte aus Menschenknochen...«

Sie schlug das Buch zu und stellte es an seinen Platz zurück.

Sie wollte gerade aus dem stillen, bedrückenden Haus wieder auf die Veranda hinauseilen, da fiel ihr eine weitere Keramik auf. Sie hatte weiter hinten auf dem Regal gestanden und war wohl eine Flöte.

Ganz mechanisch nahm sie sie auf, die Nachbildung eines kleinen Hundes. Sie glich nicht so sehr den alten, fetten tanzenden Hunden, sondern mehr dem Hund, der jetzt vor der Hintertür die Wildreste fraß. Sie legte das Flötenmundstück an und blies leicht hinein. Der Ton klang schrill wie ein undefinierbares Urwaldgeräusch. Sie setzte die Pfeife schnell wieder ab und sah sie noch mal genauer an. Das Maul des Hundes war nicht mißgestaltet, wie sie zuerst angenommen hatte, sondern er hielt ein Kätzchen zwischen den Pfoten. Mit einem Schaudern stellte sie ihn wieder ab, die Schwanzseite zum Zimmer gewandt.

Sie wollte etwas Sinnvolles unternehmen; zum Beispiel nach dem Buch suchen, während sie wartete. Es hatte keinen Zweck, die Regale zu durchstöbern. Hier hatte Joe Rattner schon gesucht.

Sie zog ihre Schuhe aus, weil sie dem Knöchel ein wenig Ruhe gönnen wollte, und stellte sie neben ihre Reisetasche; dann setzte sie sich kurz auf die Armlehne der einen Couch und überlegte, wo sie suchen könnte.

In ihrem und Brads Schlafraum war nichts zu finden. Sie hatten dort lange genug nach den Haarnadeln gesucht. Da war noch Rattners Schlafzimmer, aber das wollte sie ihm überlassen.

Auch im Vorratsraum waren Regale gewesen. Dort hatte Rattner in der vergangenen Nacht nicht gesucht.

In der Vorratskammer wurde ihr klar, daß sie nicht viel erreichen konnte, bevor Hank und die anderen zurückkamen. Da gab es so viele Regale, so viele Flaschen und so viele Bücher. Sie stand mitten im Raum und überlegte. Dann trat sie einen Schritt zurück und besah sich das oberste Regal.

Sie verspürte irgend etwas Ungewöhnliches unter ihrem Fuß, trat zur Seite und schaute nach. Doch sie konnte nichts erkennen, deshalb bückte sie sich. Der schwarzgestreifte Läufer war zur Seite verschoben worden. Und aus dem dünnen Mahagonifurnierboden stand ein Scharnier hervor.

Ein Keller! Niemand hatte je von einem Keller gesprochen.

Sie wollte gerade den Läufer noch weiter zurückschlagen, da bewegte sich das Scharnier und parallel dazu ein zweites.

Sie prallte zurück, als sich die Bodenklappe hob.

In der Öffnung erschien der Kopf von Ernesto.

8

Sie floh zur Tür, als er hervorkam.

»Moment mal, Ellen. Ich darf doch Ellen zu Ihnen sagen?«

Er imitierte Brad.

»Sie tun es ja schon.« Sie mußte ruhig und höflich bleiben. In wenigen Augenblicken würden die anderen zurück sein.

»Könntest du mich nicht Ernie nennen? Das klingt netter, amerikanischer.«

Er schloß die Klappe, zog den Teppich darüber und rückte die Stühle zurecht. Wieder sah er sie geheimnistuerisch an und lächelte verschlagen.

Sie rückte weiter zur Tür.

»Willst du dich nicht setzen?« fuhr er fort. »Diese Stühle sind recht bequem. Möchtest du etwas trinken?«

»Nein, vielen Dank.« Sie zögerte und beschloß, daß es klüger wäre, nicht wegzulaufen. »Ich finde es im Wohnzimmer viel gemütlicher.«

»Warum bist du dann hergekommen?« Seine Augen glänzten. »Wolltest du allein sein?«

»Nein, ich bin nur ein wenig herumgelaufen und wollte die Zeit totschlagen.«

»Die Zeit totschlagen?«

Er durfte nicht wissen, daß sie allein in dem Haus waren. »Ich habe immerhin Ferien.«

»Hast du schon bemerkt, Ellen«, fuhr er mit seiner weichen, ruhelosen Stimme fort, »daß dies meine erste Chance ist, allein mit dir zu sprechen? Bitte geh nicht sofort in das andere Zimmer zurück. Dann müßte ich dich wieder mit deinem Bruder und dem jungen Mann, deinem Freund, teilen. Und mit Joe.«

»Sie machen sich alle Sorgen um dich«, erklärte sie ihm und versuchte, seine Bemerkungen zu ignorieren. »Sie – wir dachten alle, daß du verschwunden wärst. Bist du die ganze Zeit da unten in dem Keller gewesen?«

»Seit dem Morgengrauen, aber kümmere dich nicht darum. Ich möchte mit dir über dich selbst sprechen.«

»Erstaunlich, daß Mr. Rattner dich nicht gefunden hat. Er hat das ganze Haus durchsucht.«

Einen Augenblick stand er mit baumelnden Armen und geballten Fäusten da. Dann lösten sich seine Finger langsam.

»Mr. Rattner weiß nichts von dem Keller. Den kennt außer mir keiner – und jetzt noch du.«

»Oh?« Sie hoffte, daß ihr die Verstellung gelang. Wenn er etwas von Rattner gestohlen hatte, lag es sicher im Keller versteckt. Wenn er nicht wollte, daß sie das erfuhr, warum wollte er sie dann zur Mitwisserin machen?

Jetzt wurde sein Lächeln ein wenig wehleidig. »Ellen, bitte, nur einen Augenblick. Ich muß mit dir reden.«

»Ich bin ganz Ohr.« Das stimmte nicht ganz. Sie spitzte ihre Ohren hauptsächlich in die andere Richtung – wann würde sich die Eingangstür öffnen?

»Ich habe es sofort erkannt, als du dort draußen gestanden hast und ich mit der Lampe dein Gesicht beleuchtete. Obwohl du dein Bestes gegeben hast, um alles zu verbergen, habe ich dich sofort durchschaut.«

Diese Einleitung glich einer eindringlichen Predigt. Brad hatte ihn einen Idioten genannt, und jetzt spürte sie, daß ein Geisteskranker vor ihr stand.

»Wovon um alles in der Welt redest du?«

Er überhörte ihre Bemerkung und fuhr fort: »Seit ich in dieses Haus kam, habe ich viel gelesen, mehr als jemals seit meiner Schulzeit. Aus Einsamkeit, Langeweile und schließlich aus echtem Interesse an den Mayas. Allein, hier, auf dieser Insel zog mich das alles an.«

Ellen erinnerte sich an die Lesezeichen.

»Ich habe etwas erkannt, Ellen. Generationen von Menschen und Jahrhunderte verstrichener Zeit können einen nicht daran hindern, sich zu verlieben.«

Er hielt inne, sah sie aufmerksam an und lächelte wieder so selbstgefällig, als ob sie genau über alle seine Gedanken Bescheid wissen müßte.

»Ich habe eine Abbildung von der Statue der Mayaprinzessin gefunden, die das Buch gestohlen hat. Sie war eine zierliche, hübsche Person.« Er deutete mit seinen Händen die Gestalt des Mädchens an.

Ellen wartete ab. Die Leidenschaftlichkeit seiner Rede und das Interesse des seltsamen Mannes an der Antike zogen sie sogar ein wenig in seinen Bann. Aber sie blieb bei der Tür stehen.

Er senkte die Stimme. »Und dann bist du gekommen. Du hast auf den Stufen vor meiner Tür gestanden, mit dieser häßlichen Brille und deine schönen Haare zu einem Knoten gebunden. Aber ich habe dich dennoch erkannt. Und als ich dich durch das Fenster sah...«

»Du warst also der widerliche Spion!«

Er beachtete sie nicht. »Ich habe durch das Fenster gesehen, wie du dein Haar gebürstet hast, und da beschloß ich, daß du es nie wieder zum Knoten aufstecken solltest. Jaína mußte die Haarnadeln wegnehmen.«

›Nie wieder zum Knoten aufstecken.‹ Sie wurde von Furcht ergriffen.

»Du bist meine Mayaprinzessin, die über die Jahrhunderte hinweg zu mir gekommen ist – wie vom Himmel gefallen. Ich wußte es gleich, als ich dich zum erstenmal sah, und außerdem war mir sofort klar, daß mich keine Gewalt der Erde daran hindern würde, dich hierzubehalten.«

Sie konnte ihre Gefühle nicht länger verbergen. Jetzt wußte sie, was Jaina mit ihrer Warnung hatte sagen wollen. Sie erkannte, daß sie Ernesto zu Recht verdächtigt hatte. Er war der Schlüssel zu all den merkwürdigen Ereignissen.

Vor dem Haus hörte man plötzlich einen Schlag. Und in einiger Entfernung bellte der Hund.

Sie gewann wieder Mut bei dem Gedanken, daß sie nicht länger mit diesem Verrückten allein war.

»Jetzt aber Schluß mit dem Unsinn«, sagte sie beherrscht und entschieden im Ton der praktischen Ellen Winlock, die sich mit Selbstbeherrschung auskannte. »Wenn Rattner das erfährt, ist sowieso Schluß damit.«

Sie lief eilig zur Tür hinaus und durch den Hauptraum auf die Eingangstür zu. Er war ihr dicht auf den Fersen. Als sie die Gittertür öffnen wollte, packte er sie am Arm und riß sie herum.

»Laß mich los!« Mit der freien Hand schlug sie ihm ins Gesicht, und als er zurücktaumelte, öffnete sie das Fliegengitter und lief nach draußen.

Es war niemand zu sehen, aber sie schrie: »Hank! Brad!«

Der Wind ging stärker denn je, ihre Rufe wurden sofort verschluckt.

Hinter ihr öffnete und schloß sich die Gittertür. Eine Hand packte sie an den Haaren, die andere verschloß ihr den Mund.

Das Geräusch, das sie gehört hatte, war das Schlagen von Wasser auf die widerhallenden Stufen der Holzbrücke gewesen.

Ernesto hielt sie so fest, daß sie sich nicht befreien konnte. Sie behielt die Brücke im Auge und betete, daß jemand käme.

Er lockerte langsam den Griff um ihre Haare. Sie seufzte erleichtert auf, atmete tief durch und versuchte erneut, sich loszureißen. Diesmal hatte er nicht damit gerechnet, und sie sprang die ersten Stufen hinunter. Trotz aller Anstrengung verlor Ernesto dadurch das Gleichgewicht. Er strauchelte, und sie fielen gemeinsam die Treppe hinunter.

Er ließ sie los, und sie war zunächst einmal frei. Sie stand mühsam auf, da näherte sich plötzlich etwas, und sie hörte ein tiefes Knurren. Der Hund hatte sie gefunden.

Ernesto und der Hund maßen sich mit Blicken, die einen das Schlimmste erwarten ließen. Das Tier stand mit gesträubten Nackenhaaren da. Schrecken und Tod lagen in der Luft.

Wie am Tag zuvor ging Ernesto mit Fußtritten auf ihn los. Der Hund packte Ernestos Knöchel, da trat er ihm an die Kehle.

Das Tier heulte schauerlich auf und brach zusammen.

Ernesto beugte sich über den Hund, und als er sah, daß er noch atmete, trat er noch mal zu.

Ellen wollte zur Brücke laufen. Die Wellen waren inzwischen noch höher und schlugen mit lautem Klatschen an die Holzbrücke.

Dann schäumte eine riesige Welle heran. Sie krachte auf die Brücke und zerbrach sie in zwei Teile, die wie verwickelte Bänder vor der jeweiligen Küste hingen.

Ernesto lächelte sie an: »Die Götter sind mit uns.«

Sie konnte nirgends hinrennen, außer in das niedrige Gestrüpp. Panisch bahnte sie sich einen Weg durch das Gewirr von Wein und Brombeersträuchern, die an ihrem Kleid und den offenen Haaren rissen. Ernesto holte sie sofort ein. Er packte ihre beiden Arme, preßte die Handgelenke gegeneinander und hielt sie mit einem harten Griff in seiner groben Hand.

Er zog sie hinter sich her, die Stufen hinauf, öffnete die Gittertür und schleuderte sie nach drinnen. Sie fing sich nochmals und wollte fliehen. Aber wohin?

»Tut mir leid, wenn ich dir weh getan habe«, sagte er freundlich.

Sie brachte keinen Ton hervor. Zitternd sank sie in den nächsten Stuhl und überlegte verzweifelt, wie sie sich verteidigen könnte.

»Du mußt nicht vor mir weglaufen. Versteh das doch. Es ist falsch von dir.«

Zeit gewinnen. Das war ihre einzige Chance. Zeit gewinnen und hoffen, daß sie seinen Angriff verhindern könnte, bis... bis was?

»Warum ist das falsch?« stammelte sie.

»Weil du hierher gehörst. Zu mir.«

Plötzlich kniete er vor ihr nieder, und sie erstarrte, als er seinen Kopf in ihren Schoß legte. Er weinte, genau wie an dem Abend, als Muluc Jaínas Ohrringe auf den Tisch geworfen hatte. Er weinte und murmelte Indioworte vor sich hin. Sie saß ganz ruhig da und hielt den Atem an; zitternd vor Aufregung ertrug sie die körperliche Nähe dieses Mannes, aber sie hoffte, daß die Gewalttätigkeit jetzt von ihm gewichen war. Vielleicht konnte sie nun mit ihm fertig werden, wo sich seine Stimmung so plötzlich verändert hatte.

»Damals war dein Name Pacala. Du warst eine sehr berühmte Prinzessin, das Lieblingskind deines Vaters. Du warst stolz und hochmütig und wolltest keinen deiner Freier akzeptieren, obwohl dein Vater das Recht hatte, deinen Ehemann auszuwählen. Sie hielten dich für ungehorsam, aber sie haben die Wahrheit nicht gekannt. Du wußtest, daß die Götter dich einem anderen bestimmt hatten.«

Er hob den Kopf und sah sie an. »Du warst mir bestimmt, und das hast du gewußt. Nicht einmal der

Tod konnte dich davon abhalten, nach all den Jahrhunderten zu mir zu kommen.«

Er streckte seinen Arm nach ihr aus, aber sie fuhr unwillkürlich voller Schrecken zurück. »Nein, Ernesto. Ernie, nein.«

Sie machte sich von ihm los und lief auf die Eingangstür zu. Sie konnte diesem Verrückten nicht länger etwas vorspielen. Außerdem wußte sie, daß er ein Mörder war.

Sie hatte vergessen, wie schnell er sich mit seinen katzenhaften Sprüngen bewegen konnte und wie stark seine herabbaumelnden Arme waren. Er packte sie bei den Schultern, zog sie von der Tür zurück und schleppte sie in den Vorratsraum. Dort schwenkte er sie herum und stieß sie in einen Sessel.

Er schloß die Tür zu.

Sie sprang auf die Füße, griff sich eine Flasche und warf sie nach ihm. Die Flasche streifte seine Backe, zersprang an der Tür und hinterließ eine blutrote Weinspur. Er kam auf sie zu, aber sie wich zurück und griff sich eine neue Flasche.

Dieses Mal schlug er sie ihr aus der Hand, bevor sie werfen konnte. Noch konnte sie zurückweichen. Sie ließ kein Auge von ihm und räumte Schritt für Schritt das Feld, bis sie auf einen Schrank prallte. Flaschen und Kisten stürzten herab.

Etwas Schweres schlug ihr auf den Kopf, und sie fühlte, daß sie zusammenbrach.

9

Durch einen merkwürdigen Geruch kam sie wieder zu Bewußtsein. Es roch verbrannt, harzig, ekelhaft und bedrohlich. In dieser Luft wurde einem das Atmen schwer. Mühsam hob sie die Lider.

Sie lag auf dem Rücken auf einem Steinfußboden. Der beißende Rauch vermischte sich mit Moder und Fäulnis.

An der Decke konnte sie in dem Dämmerlicht steinerne Figuren erkennen, die so verwittert waren, daß die Nasen abgestoßen, als Reste oder gar nicht mehr vorhanden waren. Als sie ihre Blicke langsam die gewölbten Wände herabgleiten ließ, bemerkte sie in einer Nische eine außergewöhnlich häßliche Kreatur, halb Mensch und halb Tiger. Sie war aus einem durchscheinenden, schwarzen Material gemeißelt. Im Gegensatz zu den Figuren an der Decke wirkte sie auffallend neu.

»Die Götter der Mayas waren zugleich gut und böse.«

Sie sah sich nach der sanften Stimme um.

Ernesto kauerte am anderen Ende des schmalen Raumes.

In weiteren Nischen in den Wänden waren flackernde Kerzen aufgestellt. In den schwach erleuchteten Winkeln standen verschiedene Gegenstände. Möbel? Es war nicht genau zu erkennen.

Langsam fiel ihr wieder ein, was geschehen war. Ernesto hatte sie ins Haus gezerrt, in den Vorratsraum. Fallende Flaschen. Dann ihre schreckliche Angst und kein Ausweg, keine Möglichkeit zu fliehen. Ihre Erkenntnis, daß die einzige Möglichkeit darin lag, Zeit zu gewinnen. Sie raffte allen Mut zusammen und zwang sich zur Ruhe.

»Wo bin ich?«

»Ist das nicht egal? Du bist bei mir.«

»Aber wo?« Sie hob den Kopf. »Ist das der Keller?«

»Das Zentrum des Hauses. Die Mitte der Welt.«

Sie setzte sich mühsam auf und stützte sich mit einer Hand auf dem Boden ab. Er sollte nicht wissen, wie schwach sie war, und durfte nicht in ihre Nähe kommen.

In einer Ecke war eine gewebte Decke über ein Bündel gebreitet. Es wirkte wie ein kleiner, dunkelroter Berg. Ab und zu tanzte das Licht einer Kerze vorbei, und es glänzte an den Wänden wie Metall. Der Boden des Raumes schien nach allen Seiten abzufallen, wie in tiefe Abgründe hinein. Sie fühlte sich wie auf einer Plattform, die von schwarzen Löchern umgeben war.

»Hier gehörst du hin, Pacala.«

»Soll das eine Wiedergeburt sein?«

Er hörte ihr nicht zu: »Ich habe deine Halskette weggegeben, Pacala. Du mußt mir verzeihen.«

Vielleicht war es das beste, wenn sie ihm diese Stimmung ließ und ihn besänftigte.

Aber die Brücke war zerstört. Wie sollte jemand die Insel erreichen können? Und woher sollten ihre Freunde erfahren, daß sie hier mit Ernesto im Keller war, den er vor allen geheimgehalten hatte.

»Es ist nicht so schlimm mit der Kette«, sagte sie ruhig. »Jaína kann sie behalten.«

»Jaína!« Seine Stimme klang wutentbrannt. »Dieses Tier!« Er spuckte aus.

Sie schwieg und hoffte, daß sein Zorn verfliegen würde. Nach einer Weile sprach er ruhiger weiter. »Ich mußte sie bestechen. Damit sie nichts über diesen Raum sagen würde. Keine Angst, Pacala, ich habe deine Kette zurückbekommen.«

Er kam auf sie zu. Sie verhielt sich ganz ruhig. Aus seiner Hosentasche zog er die Jadekette hervor. Das Licht der Kerzen fiel glänzend auf das Grün und auf das Türkis seines Ringes, während seine großen, zitternden Hände ihr die Kette um den Hals legten. Er trat einige Schritte zurück und bewunderte sie wie jemand, der einen Weihnachtsbaum geschmückt hatte.

»Wo ist Jaína?«

Sie fragte mit dem Mut der Verzweiflung und wußte, daß sie ein großes Risiko einging. Aber sie wollte herausfinden, wie verrückt er wirklich war. Vielleicht redete er nur von Wiedergeburt und der Mayaprinzessin, weil er ihren Verdacht ablenken wollte.

Als er ihr den Kopf zuwandte, lächelte er nicht mehr. »Schlamm«, antwortete er schnell. »Hölle. Die Hölle der Mayas.« Dann senkte er den Kopf und murmelte Worte in der Indiosprache vor sich hin.

Langsam richtete Ellen sich auf.

So konnte sie den Raum besser übersehen. Sie erkannte, daß die Decke nicht exakt gewölbt war wie bei einer Höhle; vielmehr wurde sie von einem Durcheinander aus Ziegeln, Fels und Dreck zusammengehalten. Darüber, zum Haus hin, lag noch eine Erdschicht. Das Haus konnte also durchaus gebaut worden sein, ohne daß man von diesem unterirdischen Verlies gewußt hatte.

Riesige, flache Steine bildeten den Boden. Sie waren so glatt wie polierter Zement und ganz eben. Nur in der Mitte stiegen sie zu einem flachen Hügel an.

Mühsam stellte Ellen sich auf, damit sie alles besser sehen konnte. Sie erkannte den Stein sofort von der schrecklichen, bemalten Tonscherbe, die Ernesto ihnen gezeigt hatte. Auf dieser Insel war geopfert worden, und sie hatte jetzt den Opferstein vor Augen.

Sie starrte ihn an und war gleichzeitig fasziniert und starr vor Schreck. So fühlte man sich, wenn man das Schlachtfeld von Gettysburg oder den Tower von London zum erstenmal sah. Nicht mehr nur als Abbildung, sondern als harte Realität.

»Das ist er.«

Sie sah auf. Ernesto beobachtete sie wieder.

Ellen nahm sich zusammen und setzte noch einmal an: »Ist Jaína dort...« Ihre Stimme versagte.

»Natürlich nicht!« Er wirkte schockiert. »Sie war es nicht wert, geopfert zu werden. Dort!« Er wies auf die dunklen, tiefen Spalten. »Schlamm«, wiederholte er. »Die Hölle der Mayas.« Und dann lachte er irre.

Das Stehen strengte sie sehr an. Außer auf dem Boden gab es anscheinend keine Sitzgelegenheit. Da waren zwar die Stufen, die nach oben führten. Aber wenn sie dorthin ging, wurde er vielleicht wieder wütend. Sie wollte ihren alten Platz wieder einnehmen, da kam Ernesto mit schnellen Schritten auf sie zu.

»Hier. Du mußt nicht auf den Steinen sitzen.« Er reichte ihr eine kleine, gewebte Matte.

Ihr fiel das Buch ein. »Der Pop?«

Seine Augen flackerten. »Der Pop.« Er nickte wie ein zufriedener Lehrer. »Darauf sitzt der Holpop und spricht Recht.«

»Soll ich das tun?«

»Nein. Du sollst zusehen.«

Sie nahm die Matte entgegen. Er drehte sich schnell herum und ging auf die andere Seite des Opfersteins. Jetzt bemerkte sie das Kopalfeuer, das in einem kleinen Becken brannte. Sie setzte sich auf die Matte und beobachtete ihn. Er zog auch für sich eine Matte hervor und breitete mehrere kleine Gegenstände darauf aus.

Er summte vor sich hin, während er herumging. Manchmal sah er sie mit seinen stumpfen, geheimnistuerischen Blicken an. Ihr Atem stockte, als er plötzlich sein Hemd auszog, seine Arme ausstreckte und die haarige Brust vorreckte. Dann nahm er sich von seiner Matte eine kunstvoll gearbeitete Kette aus Metallstäbchen, an denen kleine Glöckchen hingen, und hängte sie sich um. Er beugte sich vor und befestigte Ketten mit Glöckchen an seinen Gelenken, außerdem legte er sich riesige Ohrringe an und einen Nasenring. Mit einem listigen Blick nahm er noch ein letztes Stück vom Tisch und steckte es sich schnell in den Mund. Sie erkannte das Kunstwerk, was Joe Rattner beschrieben hatte... den Kopf der Schlange mit einer beweglichen Zunge.

Er näherte sich ihr tänzelnd. In der Hand hielt er einen langen Stab. Sie schreckte zurück. Einen Augenblick hatte er fast ihr Gesicht mit dem Schlangenkopf berührt. Dann nahm er ihn aus dem Mund.

»Keine Angst. Ich werde dir nicht weh tun. Dies ist mein Stab, mein Abzeichen. Ich bin der Caluac, der Majordomus dieses Hauses.«

Sie nickte und bemerkte erleichtert, daß er von ihr wegtanzte. ›Laß ihn nur seine kleinen Spielchen machen. Er soll sein Bestes geben, um mich zu erfreuen und mir aus seiner Sicht den Hof zu machen. Ich kann nur versuchen, Zeit zu gewinnen, bis jemand die Insel erreicht. Zeit gewinnen, sonst...‹

Sie hielt den Atem an. Er schüttete etwas aus einer Urne auf den Opferstein. Neben dem Stein war ein blauer Stoffstreifen zu sehen, der genau die Farbe ihres Kleides hatte.

Er stellte seinen Stab ab und näherte sich ihr. »Hab keine Angst, mein Liebling. Ich werde dich in den Arm nehmen.« Er breitete die Arme aus, die Ketten klirrten. Nichts in seinem Gesichtsausdruck wies jetzt mehr darauf hin, daß er verrückt war. Er drückte nur noch Begierde aus. Damit konnte sie vielleicht fertig werden.

»Nein, Ernie.« Sie hob das Kinn. »Nicht.«

Sein Blick verdüsterte sich.

»Du mußt die Zeremonie weiter befolgen«, erklärte sie ihm. »Ich werde zusehen.«

»Die Zeremonie?« fragte er. Seltsamerweise schien ihn das zu freuen. Er trat zurück und zündete eine weitere, besonders große Kerze an, die er fest auf einem Metallhalter anbrachte – einem unförmigen, schwarzen Stück aus Eisen, das sehr spanisch wirkte. So rückte er den Opferstein und den blauen Stoff ebenso ins Licht wie die Gegenstände, die er auf der Matte neben sich aufgebaut hatte.

Eine Trommel lag dort, eine Muschelschale, ein Kürbis und ein weiteres, langes, flötenartiges Instrument. Daneben blitzte in dem hellen Licht ein großes Messer auf.

›Wenn ich schreien würde‹, überlegte sie, ›ob mich wohl jemand hört?‹

Sie schlang die Arme um ihren Körper, setzte sich auf ihre verschränkten Beine und konzentrierte sich.

Ernesto blieb einen Moment lang vor dem Stein und der Matte stehen und betrachtete beides wie eine Kellnerin, die einen festlichen Tisch gedeckt hat und prüfen will, ob auch wirklich alles in Ordnung ist. Dann verschwand er im Schatten hinter dem Stein, und als er wieder auftauchte, hielt er etwas hinter seinem Rücken verborgen.

»Du mußt keine Angst haben.« Er sprach jetzt freundlich und sah sie offen und frei an.

»Mir ist eher langweilig«, log sie.

»Ich will dir etwas sehr Wertvolles zeigen.«

Er holte seine Arme hinter dem Rücken hervor. In der einen Hand hielt er ein Paar geschnitzter Bretter, die mit

Lederriemen zusammengebunden waren. Das Buch! Das Buch der Mayas!

»Hier, du kannst es nehmen.«

Sie streckte ihre Hände aus.

Das Buch fiel zu Boden. Noch ehe sie sich dessen richtig gewahr wurde, packte er sie bei den Handgelenken und preßte sie in seiner groben Hand zusammen. Er riß sie hoch, und als sie sich ihm entziehen wollte, fühlte sie, wie er ihre Hände mit einem schmalen Lederriemen zusammenband.

»Tut mir leid.« Er hob sie an den Handgelenken so hoch, daß ihre Füße kaum noch den Boden berührten. Mit der freien Hand betastete er ihre Brüste und ihren Körper. »Es tut mir leid, daß du so widerspenstig bist.«

Sie trat nach ihm, aber das hatte keinen Zweck. Er war viel zu stark. Er nahm sie auf, hielt sie gegen seine kunstvolle Glockenkette, trug sie durch den Raum und setzte sie mit dem Rücken gegen den Opferstein ab.

Sie wollte aufstehen, aber er griff nach dem Messer und hielt es drohend über sie. Da fiel sie zurück.

Er riß ihre Beine auseinander und befestigte den einen Knöchel an einem schweren Gegenstand. Sie wollte sich aufrichten. Er warf ihr das blaue Tuch über das Gesicht, und während sie verzweifelt den Kopf hin und her warf, um sich zu befreien, band er den anderen Knöchel ebenfalls fest.

Sie schrie: »Laß mich! Laß mich los!« Er zog ihre gefesselten Hände auf eine Seite, band die eine an etwas Schweres, löste dann die erste Fessel und band die andere Hand auf der anderen Seite fest.

Ihre Schreie verstummten. Vergewaltigung. Vergewaltigung auf des Messers Schneide. Was konnte noch schlimmer sein?

Er beugte sich über sie. Die Glöckchen klangen, und er atmete schwer. Vorsichtig nahm er ihr das Jadehalsband ab und legte es beiseite.

Jetzt wurde es ernst. Sie sah ihn voller Verachtung an. Sie würde ihn nicht um Gnade bitten. Tränen der Verzweiflung rollten ihr die Wangen hinab.

»Ich werde dich zuerst mal – sehr glücklich machen.« Er ließ ihr seine Hände über die Schenkel gleiten.

Das Messer blitzte im Kerzenlicht auf. Jetzt wußte sie, was er wollte. Er wollte sie zuerst vergewaltigen und dann opfern. Das war nicht ganz nach Art der Mayas, aber auch nicht ganz die Methode eines verrückten, abgewiesenen jungen Mannes aus Texas. Es war die irrsinnige Mischung von beidem. Zeit gewinnen. Ob sie jetzt noch eine Chance hatte?

Sie versuchte es: »Ganz ohne Zeremonie?«

Ein kurzes Lächeln huschte über sein Gesicht. »Zeremonie, natürlich. Und ein Toast.«

Er holte eine kleine Keramikschale hervor und goß etwas aus derselben Urne hinein, mit der er auch den Opferstein besprengt hatte, auf dem sie lag. Er hielt ihr die schwere, feurige Flüssigkeit an den Mund und zwängte sie ihr mit seiner freien Hand zwischen die Lippen. Dann nahm er selber einen langen Schluck aus der Flasche.

»Zeremonie«, sagte er. »Musik.«

Er nahm von der Matte ein langes, flötenähnliches Instrument auf. Sie erkannte einen weißen Knochen – einen Menschenknochen, und ihr Herzschlag setzte aus.

Er nahm die Flöte an die Lippen und blies darauf. Er begann langsam und leise mit einer unzusammenhängenden Melodie aus ferner Zeit, einer Urwaldweise, die einem wie Gift durch die Adern rann. Dabei beobachtete er sie voller Freude. Dann spielte er weiter, die Töne wirbelten wild durcheinander und wurden zu einer aufreizenden, turbulenten Musik.

Wenn jemand bis auf die Insel gekommen war, würde er sie vielleicht hören. Oder der Hund könnte bellen, wenn er nicht tot war. Zeit gewinnen. Wenn die Musik zu Ende war, mußte sie sich einen neuen Trick ausdenken.

Schließlich nahm er das furchtbare Instrument von den Lippen und legte es beiseite. Er setzte die Flasche an und trank, dann hielt er sie ihr hin. Sie schüttelte den Kopf.

»Die Musik war wunderschön«, erklärte sie ihm.

Er streckte die Hände nach ihr aus, aber sie sprach weiter: »Das Buch. Kann ich das Buch jetzt sehen?«

Er zögerte; die Hände lagen über ihren Brüsten am Ausschnitt ihres Kleides.

»Ja«, sagte er schließlich. »Ja, du kannst das Buch sehen. Bei feierlichen Anlässen ist das so üblich.«

Er durchquerte den Raum und hob das Buch von dem Platz auf, wo es hingefallen war. Ernesto löste die Lederriemen und brachte ihr das Buch. Er hielt es ihr geöffnet vor das Gesicht, dabei falteten sich die pergamentartigen Blätter wie eine Ziehharmonika auf. Sie sah sich die seltsamen, verblaßten Hieroglyphen an, die verschlüsselten Muster von Bildern und Zeichen, und ließ ihre Augen vor und zurück und auf und ab wandern, damit er meinte, daß sie alles verstand.

»Pacala, du hast das Buch versteckt. Aber ich habe es gefunden. So wie ich auch dich gefunden habe.«

Sie hatte ihn getäuscht. Jetzt hielt er sie wieder für Pacala. Er konnte diese Schrift der Mayas nicht lesen. Das konnten nur wenige. Sein Vokabular bestand sicher nur aus ein paar Indioworten, die er in den letzten Wochen aufgeschnappt hatte. Wenn ihr nur ein wenig Unsinn einfallen würde! Wenn sie schnell unzusammenhängend sprechen könnte, oder vielleicht sogar singen...

Französisch? Frère Jacques? Italienisch? Ciribiribi? Spanisch natürlich nicht. Latein. Was konnte sie davon noch? Das, was sie zuallererst gelernt hatten: »Glänze, glänze, kleiner Stern.« Wie ging das? ›Mira, mira...‹ Nein, es fiel ihr nicht mehr ein. Die Geheimsprache aus ihrer Kindheit? Das waren endlose Verse.

Clementine. Das konnte man lange singen.

»Omay ymay arlingday, omay ymay arlingday, omay, ymay arlingday, ementineclay...«

Sie hätte das niemals länger als einen Moment durchgehalten, wenn der Eindruck auf Ernesto nicht so frappierend gewesen wäre. Er beobachtete sie völlig verzückt. Natürlich war er aufgewühlt und leicht betrunken, und in seiner Erziehung in den United States waren solche Kindereien offenbar nicht vorgekommen.

Sie sang so laut sie konnte und sah in das Manuskript. Aber von Zeit zu Zeit warf sie ihm schnell einen prüfenden Blick zu. Einmal meinte sie, weit entfernt, oben, ein Geräusch zu hören. Ernesto hatte es anscheinend nicht bemerkt.

Endlich hörte sie erschöpft mit dem Singen auf. Jetzt war das Geräusch deutlich zu erkennen. Es kam von der anderen Seite des Kellers aus dem Vorratsraum. Ein Krachen. Hatten sie die verschlossene Tür eingebrochen?

Ernesto drehte sich um. Das Buch hielt er noch immer in den Händen.

Sie schrie.

Er warf das Buch beiseite, nahm das blaue Stoffstück an sich, stopfte es ihr in den Mund und band es hinter dem Nacken zusammen. Dann löschte er die große Kerze.

Hilflos warf sie ihren Kopf herum und beobachtete,

wie er umherging und nacheinander alle Kerzen ausblies, bis schließlich völlige Dunkelheit herrschte.

Am anderen Ende fiel ein schmaler Spalt Licht ein, und dann zeichnete sich der Umriß der Bodenklappe ab. Sie öffnete sich langsam. Ein länglicher Lichtfleck fiel auf die Stufen.

Ernesto stand vor ihr und verdeckte sie mit dem Schatten seines großen Körpers.

Sie hörte, wie Schritte die Stufen herunterkamen, und dann rief Hank: »Ellen, bist du da? Ellen?«

Sie wollte irgendein Geräusch verursachen. Trotz ihrer Fesseln warf sie sich hin und her. Aber sie war sich nicht sicher, ob er das hören konnte.

Die Schritte entfernten sich, die Treppe wieder hinauf.

Ernesto wandte sich um. Mit einer plötzlichen Geste der Verzweiflung und einem Schluchzen warf er sich auf sie.

Auf den Stufen wurde es wieder heller. Jemand kam mit einer großen Kerze herunter. Ernesto sprang auf.

»Was zum Teufel...?« fragte Hank.

Ernesto näherte sich ihm, seine langen Arme baumelten herunter. Mit einer einzigen, schnellen Bewegung schlug er Hank die Kerze aus der Hand. Und dann waren im Licht der Bodenklappe nur noch ihre Umrisse zu sehen. Zunächst zwei, dann einer – der von Ernesto.

Er rannte die Stufen hoch und schloß die Klappe.

Sie achtete auf weitere Geräusche von oben, aber da war alles still. Hank war wohl allein auf die Insel gekommen. Jetzt lag er bewußtlos, vielleicht sogar tot, auf dem Boden. Und niemand würde erfahren, was hier geschah, bevor es zu spät war.

Ernesto war wieder bei ihr. Sie konnte seinen Atem hören. ›Jetzt hält ihn nichts mehr auf‹, dachte sie. ›Nichts.‹

Aber gerade als er sie packen wollte, erklang vom anderen Ende des Raumes ein Stöhnen.

Ernesto ließ von ihr ab. In der Dunkelheit waren wieder Kampfgeräusche zu hören. Und wieder versuchte sie verzweifelt, sich zu befreien und die vier Lederriemen zu zerreißen. Wie durch ein Wunder lockerte sich die Fessel an ihrem linken Fuß ein wenig. Sie kam dadurch zwar nicht frei, aber sie verlor das Gleichgewicht auf dem Stein und hing über die rechte Seite herunter. Ihr linker Arm fühlte sich an, als wenn er aus dem Gelenk gerissen würde.

Mit ihrer rechten Hand berührte sie etwas. Sie streckte die Finger weit vor und spürte etwas Kaltes.

Das Messer!

Ob es ihr gelingen würde, noch ein bißchen näher zu kommen und das Leder an der Messerkante aufzuschaben? Sie tastete vorsichtig die Klinge entlang und konnte schließlich mühsam den Griff erreichen.

Der blaue Stoff um ihren Mund und Hals verschob sich ein wenig.

»Hank!« schrie sie. »Hier!«

»Nein!« Ernesto brüllte wie ein Tier. »Nein! Nein!«

Der Kampf begann von neuem.

Sie riß trotz der Schmerzen mit aller Kraft an ihrem linken Arm. Jetzt, wo fast ihr ganzes Gewicht auf der anderen Seite lag, gelang es ihr vielleicht loszukommen.

Als das Leder schließlich riß, fiel sie nach rechts. Der rechte Knöchel und das rechte Handgelenk waren weiterhin gefesselt.

Zentimeter um Zentimeter tastete sie mit der linken Hand die Matte ab, auf der er alles aufgebaut hatte. Sie zuckte vor dem Menschenknochen zurück, auf dem er musiziert hatte, und stieß die Karaffe mit der Flüssigkeit um, aber schließlich fand sie, was sie suchte – den Fuß der großen Kerze und die Streichhölzer.

Es dauerte ewig lange, bis sie sie angezündet hatte.

In der plötzlichen Helligkeit sah sie die beiden verbissen miteinander kämpfen.

»Hank!« schrie sie wieder. Die beiden drehten ihre Köpfe zu ihr um. »Schnell! Das Messer!« Sie wies mit der linken Hand auf die rechte, die noch gefesselt war, die aber mit zwei Fingern den Griff des Messers umklammert hielt.

Während die Männer sich weiter mit Faustschlägen bearbeiteten, hielt sie das Messer endlos lange fest. Ernesto war viel schwerer. Er schlug blind auf Hank ein, und seine Wut war erneut entbrannt. Aber Hank fiel, Gott sei Dank, in ihre Richtung. Er kroch auf sie zu. Ernesto dicht hinter ihm her. Mit den beiden Fingern gelang es ihr, das Messer zu Hank zu schieben.

10

»Paß auf!« schrie sie, als Ernesto sich erneut auf ihn stürzen wollte. Aber Hank drehte sich mit dem Messer in der Hand auf den Rücken und richtete die Klinge direkt auf Ernestos Brust.

Ernesto prallte zurück, streckte seine großen Hände hoch und ließ die Klinge nicht aus den Augen.

»Die Treppe rauf!« befahl Hank.

Ernesto starrte immer noch das Messer an und wich zurück, als Hank aufstand.

»Los! Hoch mit dir!« wiederholte Hank.

»Nein!« Es klang wie ein Angstschrei. Aber dann gehorchte Ernesto voller Angst vor dem Messer. Als er durch die Bodenklappe verschwunden war, wandte sich Hank Ellen zu.

»Um Gottes willen, was ist passiert?«

Sie zeigte auf ihre rechte Hand. »Mach mich bitte schnell los. Schnell.«

Er half ihr und nahm sie zärtlich in die Arme. »Ist alles in Ordnung, Ellen?« fragte er besorgt.

»O ja, ja! Hank, vielleicht kommt er wieder! Vielleicht bringt er ein anderes Messer oder ein Gewehr mit.«

»Keine Angst. Brad und Joe sind oben.«

»Wirklich? Wie seid ihr denn hergekommen?«

»Das war nicht so schlimm. Mit Hilfe von Seilen und freundlichen Eingeborenen – trotz allem, was dein Freund Miguel berichtet hat.«

»Gott sei Dank!« Sie lehnte ihren Kopf an seine Brust und schloß die Augen.

»Ellen, was ist passiert?«

»Ich kann jetzt nicht darüber reden. Bitte!«

Sie öffnete die Augen. Er sah sich um, schaute nach oben und in die düsteren Nischen.

Dann sagte er ruhig: »Ich glaube, ich weiß es. Komm, wir gehen nach oben.«

Sie stiegen die Treppe hoch. Hank führte sie direkt durch den Vorratsraum und die Eßecke in die Küche. Dort gab es Handtücher und Wasser, und er wusch ihr ohne ein Wort ganz sanft das Gesicht und die Hände. Dann säuberte er sich selbst.

»Jetzt einen Drink.« Er öffnete die Tür zum Hauptraum. Auf dem Mahagonitisch stand eine Brandyflasche, und er schenkte ihnen beiden je ein Glas voll ein.

»Ellen, ist alles in Ordnung?« Das war Brad.

»Ja«, antwortete sie.

Als sie durch den Raum gingen, bemerkte sie, wie besorgt Brad und Joe waren. Hank hielt sie immer noch im Arm.

Dann fiel ihr Blick auf Ernesto, der mit gefesselten Händen auf einem Stuhl neben der Eingangstür saß. Die kunstvolle Kette trug er immer noch um den Hals. Er starrte zu Boden.

»Setzen Sie sich, Miß Winlock«, befahl Joe, »und erzählen Sie uns, was los war.«

Sie setzte sich, sah aber Hank bittend an.

»Muß das jetzt sein?« fragte Hank.

»Wohl nicht. Erholen Sie sich erst. Ernie, ich nehme dir das Halsband jetzt ab.«

Ernesto sah langsam auf. Seine Augen blickten trübe. Er hob die gebundenen Hände.

»Pacala muß es mir abnehmen.«

»Wer?« fuhr ihn Joe an.

»Er meint mich.« Ellen wandte sich ab.

»Schluß«, sagte Joe. »Es ist meine Kette. Ich nehme sie.«

Er trat vor. Aber Ernesto schüttelte den Kopf.

»Pacala«, wiederholte er.

»Das werden wir sehen.« Joe rannte auf ihn zu, aber bevor er Ernesto erreicht hatte, hob der drohend die gebundenen Hände.

»Schluß jetzt, Ernie.« Rattner holte aus.

Er wollte zuschlagen, da erhob sich Ellen. »Warten Sie! Bitte!«

Joe sah sie überrascht an. »Was zum...?«

»Er weiß nicht, was er tut. Seit langem nicht mehr.«

Joe ließ die Kette in seiner Hand klingen. »Wo sind die anderen Sachen, Ernie?«

»Pacala«, wiederholte er. »Pacala.«

»Mr. Rattner«, rief Ellen. »Ich glaube, daß alles im Keller ist – auch das Buch.« Sie sah kurz zu Hank hinüber. Der nickte ihr zu.

Rattner schüttelte Ernesto energisch. »Ernie, wir schauen mal zusammen nach unten. Hörst du? Verstanden, Ernie?«

Ernesto wirkte völlig verwirrt. Aber als das Schütteln nicht nachließ, schloß sich langsam sein Mund, und er antwortete mit seiner normalen, sanften Stimme: »Es ist alles unten, Joe.«

Joe ließ ihn los. »Du hast die Wahl, Ernesto. Entweder bringe ich dich in das Dorf, oder ich sorge dafür, daß du wieder nach Texas kommst.«

Ernesto geriet außer sich. Ellen hatte noch nie eine solche Angst im Gesicht eines Mannes gesehen.

Joe rückte etwas von ihm ab und zündete sich eine Zigarette an. »Überleg's dir gut, Ernie.«

Ernesto richtete sich auf und saß reglos da. Dann sprang er ganz plötzlich auf und stieß mit den Schultern die Fliegengittertür auf.

Brad war ihm auf den Fersen. »Was zum Teufel? Die Brücke...«

»Lassen Sie ihn!« befahl Rattner. »Er hat sich entschieden.«

Sie hörten, wie Ernesto die Treppe hinunterrannte. Dann war es still, doch plötzlich sprangen alle auf. Von draußen erklang ein höllisches Gebrüll.

»Um Gottes willen, was ist das?« keuchte Joe.

Ellen wußte es sofort. »Der Hund, der Hund. Ich dachte, Ernesto hätte ihn getötet.«

Sie konnte nicht hinsehen. Die Geräusche waren scheußlich genug, das wilde Geknurr und Ernestos Schreie... dann zwei Schüsse vom anderen Ufer aus... die plätschernden Wellen, der Schrei eines Papageien und die Stille des Dschungels.

Sie wurde ohnmächtig.

Als sie wieder erwachte, war es dunkel. Sie erinnerte sich, daß sie zu Bett gebracht worden war, daß sie etwas zu trinken bekommen hatte, und dann wußte sie nichts mehr.

Sie stand auf und lief in den Hauptraum. Brad und Joe saßen bei einem Drink.

»Er ist draußen auf der Treppe«, sagte Brad.

Sie saßen gemeinsam im Dunkeln auf den Stufen. Bei Fackelschein arbeiteten die Männer immer noch an der Brücke. Die Wellen hatten sich gelegt, und wie Glühwürmchen blitzten die Sterne des Südens zwischen den Wolken auf.

Joe hatte Männer nach Benzin ausgesandt. Sie mußten noch einmal bis zum Morgen warten.

Manchmal überlief Ellen noch ein Zittern, aber Hank hatte beruhigend seinen Arm um sie gelegt.

»Irgendwann«, sagte er mit weicher Stimme, »wirst du das alles vergessen können. Alles.«

»Die Mayas vergessen? Yucatán vergessen? Dieses

Haus?« Sie überlegte einen Moment lang. »Hank, das ist unmöglich. Dann müßte ich dich auch vergessen.«

Er lachte leise. »Nicht unbedingt.«

»Hank, was ist mit dem Buch?«

»Ich habe es. Wir haben alles geklärt.«

»O Hank, wie schön! Aber das meine ich ja gerade. Du hast mit den Mayas zu tun.«

Plötzlich faßte er sie bei den Schultern und drehte sie so herum, daß sie sich im Licht, das von der Eingangstür herabfiel, einander gegenüber saßen. Er wirkte wieder sehr jung.

Irgendwo in der Tiefe der Nacht schrie ein Affe auf, ein alter Affe, einer von den lebendigen Geistern.

»Die Mayas«, sagte Hank, »sind ein Volk mit einer Sprache für sich. Das ist nicht mein ganzes Leben.«

Seine Augen leuchteten jetzt. Sie strahlten sogar noch heller, als wenn er von Etymologie sprach.

»Laß uns das Übergewicht riskieren, Ellen. Wir überreden Joe. Wir schmuggeln dich morgen früh in sein Flugzeug.«

»Abenteuerlich, aber wundervoll aufregend!« murmelte sie.

»Es ist ein Vorschlag«, sagte Hank.

Die Arbeiten an der Brücke waren beendet. Die Fackeln entfernten sich in Richtung Dorf. Über ihren Köpfen wiesen die Sterne in die Zukunft.

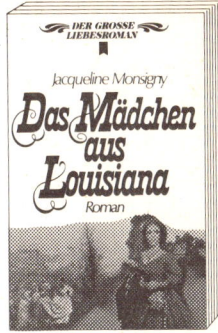

DER GROSSE LIEBESROMAN

Romane voll Abenteuer und Leidenschaft, aus Historie und Gegenwart.

PARRIS AFTON BONDS — *Verlockung des Herzens* — Roman
28/99 - DM 6,80

Jacqueline Monsigny — *Das Mädchen aus Louisiana* — Roman
28/100 - DM 7,80

PATRICIA MATTHEWS — *Spielball der Liebe* — Roman
28/101 - DM 7,80

Rosie Thomas — *Aufbruch und Leidenschaft* — Roman
28/102 - DM 7,80

Thérèse Martini — *Liebes-Melodie* — Roman
28/103 - DM 7,80

MARCELLA THUM — *Flucht vor der Liebe* — Roman
28/104 - DM 7,80

CATHY GILLEN THACKER — *Spuren der Liebe* — Roman
28/105 - DM 7,80

Jacqueline Monsigny — *Die falsche Prinzessin* — Roman
28/106 - DM 7,80

ROMANTIC THRILLER

Romane voll Liebe und Geheimnis, von internationalen Autoren.

Jan Alexander
Tränen der Einsamkeit
03/2180 - DM 5,80

Jenny Berthelius
Im Labyrinth der Angst
03/2171 - DM 5,80
Das Opfer
03/2203 - DM 6,80

Mary Bishop
Schatten über Killraven
03/2179 - DM 5,80

Laura Black
Die geheimnisvolle Lady
03/2201 - DM 6,80

Margaret Carr
Verräterisches Blut
03/2198 - DM 5,80

Joy Carroll
Das Zimmer
des Vergessens
03/2170 - DM 5,80

Margaret Chittenden
Das Gesicht im Spiegel
03/2177 - DM 6,80
Das Haus im
Dämmerlicht
03/2183 - DM 6,80

Virginia Coffman
Grauen ohne Ende
03/2152 - DM 4,80
Die unheimliche Katze
03/2169 - DM 5,80
Der falsche Herzog
03/2190 - DM 5,80
Der Orchideenbaum
03/2193 - DM 7,80
Das unheilvolle Erbe
03/2207 - DM 6,80

Vivian Connolly
Die geheimnisvolle
Küste
03/2159 - DM 5,80

Jean DeWeese
Nacht des Skorpions
03/2155 - DM 6,80

Catherine Dunbar
Plantage des Unheils
03/2154 - DM 6,80

Dorothy Eden
Das vergiftete Herz
03/2172 - DM 5,80

Hilary Ford
Flammen im Schloß
03/2151 - DM 6,80

Anthea Fraser
Die Pfeifergasse
03/2158 - DM 5,80

Angelika Gerol
Tod im Schloß
03/2146 - DM 5,80
Das Testament der
Madame Rougé
03/2166 - DM 5,80

Anna Gilbert
Das Geheimnis
einer Liebe
03/2163 - DM 6,80

Jane Aiken Hodge
Gefangen im Paradies
03/2147 - DM 6,80
Im Schatten der
Anderen
03/2200 - DM 5,80

Isabelle Holland
Böse Saat des Hasses
03/2182 - DM 5,80

Florence Hurd
Die Moorhexe
03/2156 - DM 5,80
Das Zimmer der Toten
03/2174 - DM 4,80

Preisänderungen
vorbehalten.

Sara Hylton
Der Talisman von Set
03/2181 - DM 5,80

Velda Johnston
Das Kabinett des Todes
03/2160 - DM 4,80
Gefährliches
Doppelspiel
03/2178 - DM 5,80
Ein Spiel um
Liebe und Tod
03/2188 - DM 5,80
Das andere Gesicht
03/2211 - DM 6,80

Sara Judge
Der Wunderring
03/2209 - DM 5,80

Fortune Kent
Der siebente Wächter
03/2199 - DM 5,80

Katheryn Kimbrough
Das Haus der
flüsternden Wände
03/2195 - DM 6,80

Elsie Lee
Ein Herz in Gefahr
03/2150 - DM 5,80

Frances Lynch
Melodie der Angst
03/2197 - DM 6,80

Stella March
Gefährliche Hochzeit
03/2187 - DM 5,80

Patricia Maxwell
Die Braut des Fremden
03/2176 - DM 5,80

Anne Maybury
Die geheimnisvolle Insel
03/2168 - DM 5,80
Der Tod der Tänzerin
03/2206 - DM 6,80

ROMANTIC THRILLER

HEYNE BÜCHER

Romantik und Grusel-Spannung für anspruchsvolle Leser.

Jennie Melville
Die Hand aus Glas
03/2165 - DM 6,80

Barbara Michaels
Der schwarze Regenbogen
03/2149 - DM 6,80
Das Haus der Hexe
03/2164 - DM 4,80
Der Abschiedsbrief
03/2185 - DM 6,80

Paula Moore
Die verlorene Fährte
03/2213 - DM 6,80

Elisabeth Ogilvie
Das Gefängnis
03/2210 - DM 5,80

Leslie O'Grady
Lord Ravens Witwe
03/2167 - DM 5,80

Rachel Cosgrove Payes
Der schwarze Schwan
03/2157 - DM 5,80

Elizabeth Peters
Im Schatten des Todes
03/2153 - DM 5,80

Scharlachrote Schatten
03/2173 - DM 5,80
Gefährliche Verschwörung
03/2186 - DM 5,80
Tödliches Spiel
03/2192 - DM 5,80

Mary Reisner
Jene Nacht auf dem Felsen
03/2212 - DM 5,80

Mozelle Richardson
Das Geheimnis der Puppe
03/2214 - DM 5,80

Willo Davis Roberts
Das Schloß auf den Klippen
03/2145 - DM 4,80

Kelley Roos
Insel des Unglücks
03/2189 - DM 5,80

Carola Salisbury
Die geheimnisvolle Erbschaft
03/2205 - DM 6,80

Angela Shivelley
Stimmen aus dem Dunkel
03/2204 - DM 5,80

Jeanne Sommers
Hügel der verlorenen Herzen
03/2196 - DM 5,80

Jutta von Sonnenberg
Paris ist eine Sünde wert
03/2162 - DM 5,80

Jean Stubbs
Liebe Laura
03/2184 - DM 6,80
Tödliche Liebe
03/2202 - DM 5,80

Jill Tattersall
Das Geheimnis der Abtei
03/2208 - DM 5,80

Jane Toombs
Die Schatteninsel
03/2191 - DM 5,80

Phyllis A. Whitney
Schneefeuer
03/2194 - DM 5,80

Ruth Willock
Die gefährliche Reise
03/2161 - DM 5,80
Das dunkle Haus
03/2175 - DM 6,80

Preisänderungen vorbehalten.

Wilhelm Heyne Verlag München

MOTTO: HOCHSPANNUNG

HEYNE BÜCHER

Meisterwerke der internationalen Thriller-Literatur

AGENTEN
JUBILÄUMSBAND HEYNE VERLAG
Ian Fleming – 007 James Bond – Feuerball
Jack Higgins – Mitternacht ist schon vorüber
Lawrence Block – Hot Pants lassen Mörder kalt
Duncan Kyle – In letzter Sekunde
Francis Clifford – Agentenspiel
Fünf ungekürzte Romane

50/18 – DM 10,–

Action
50 JAHRE HEYNE VERLAG
Colin Forbes – Der Anschlag
Jack Higgins – Im Schatten des Verräters
C. S. Forester – Ein glatter Mord
Robin Moore – Bitterer Zucker
Vier Romane in einem Band

50/13 – DM 10,–

MARVIN H. ALBERT – Das Tal der Mörder – Roman
01/6733 – DM 6,80

ROBERT DALEY – Nacht über Manhattan – Roman
01/6721 – DM 7,80

ROBERT LUDLUM – Der Holcroft Vertrag – Roman
Der große amerikanische Bestseller-Autor!
01/6744 – DM 9,80

COLIN FORBES – Die Höhen von Zervos – Roman
DEUTSCHE ERSTAUSGABE
01/6773 – DM 7,80

Alistair MacLean – Die Erpressung – Roman
01/6731 – DM 7,80

RICHARD BACHMAN – Sprengstoff – Roman
Bachman ist King – Stephen King ist Bachman
01/6762 – DM 7,80